해동공자 최충문학상 전국 공모전 수상 작품집

제1집

해동공자 최충문학상 전국 공모전 수상 작품집

엮은이 사단법인 해동공자 최충선생 기념사업회

吾今戒二子	오금계이자	나는 이제 두 아들에게 경계하며
付與吾家珍	부여오가진	우리 집안의 보배를 내려주니
淸儉銘諸己	청검명제기	청렴과 검소함을 몸에 새기고
文章繡一身	문장수일신	문장으로 한 몸을 장식하여라
傳家爲國寶	전가위국보	집안에 전하여 나라의 보배가 되고
繼世作王臣	계세작왕신	대를 이어 임금의 신하가 되어라
莫學紛華子	막학분화자	허영을 숭상하는 자를 본받지 마라
花開一餉春	화개일향춘	꽃이 피어도 봄 한 철뿐이니라.

– 계이자시(戒二子詩)〈1〉

& 앤바이올렛

❙ 발간사 ❙

해동공자 최충문학상 전국공모전 수상작품집 제1권을 발간하게 되어 기쁨과 감사의 마음을 담아 인사 드립니다. 그간 제1회 수상 작품집이 발간되기까지 온갖 노력을 아끼지 않으신 최충문학상 심사위원장 문광영 경인교대 명예교수님, 한국문인협회 오산지부 박효찬 회장님 그리고 수상집을 엮어주신 대종회 수석부회장 최운선 박사님과 그 외 관계자 여러분께 이 자리를 빌려 감사의 말씀을 드립니다. 사단법인 해동공자 최충선생 기념사업회는 문화창달을 위해 끊임없이 노력하고 있습니다.

힘든 세월 속에서도 해동공자 최충 선조님의 동상이 오산시 문헌공원에 우뚝 서게 되었고, 戒二子詩계이자시를 바탕으로 논문집 '문헌공 최충 연구논총'과 '유학사상 최충의 위상' 발간 그리고 '문헌공 학술 연구포럼' 및 '학술 강연회'를 개최한 것은 자랑스러운 최충 선조님의 유지를 받들어 온 결과였습니다. 그리고 최충 문학상을 제정하여 제1회부터 5회까지 입상자 139명의 문사를 배출하게 된 것은 해동공자 최충선생의 교육 사랑과 정신을 전 국민들에게 널리 알리고, 인성교육의 의미를 되새기는 계기가 되었습니다. 특히 공모전을 통한 청소년들과 일반인들의 문학적 잠재력 발굴과 정서함양은 수행적 인성, 도덕적 인성, 사회적 인성을 고양시켰습니다. 이는 사단법인 해동공자 최충선생 기념사업회의 위상을 드높여 준 결과가 되었습니다. 앞으로도 해동공자 최충문학상 전국공모전은 기념사업회에서 그 맥락을 계속 이어갈 것입니다.

맥락은 공기와 같은 것입니다. 공기처럼 없어서는 안 되는 당위적인 요소입니다. 그러나 실제로는 제대로 인식하지 못하는 경우가 많습니다. 문학상 공모전의 맥락은 언어생활이나 정서생활에서 당위적인 요소이지만 제대로 인식되지 못하고 있는 경우가 많습니다. 우리가 공기를 제대로 인식하지 않을 때 환경오염에 빠지듯 문학상 공모전의 맥락 또한 제대로 인식하지 않으면 합리적인 언어생활을 영위해 나갈 수가 없을 것입니다. 또한 자신이 목표했던 행복이란 반석에 더욱 가까이 다가설 수가 없을 것입니다.

차제에 제1회 수상작품집 발간이 시창작에 대한 관심을 높이는 계기가 되어 시문학의 텃밭을 가꾸는 데 작은 보탬이라도 되었으면 좋겠습니다. 감사합니다.

2023. 2. 24

사) 해동공자 최충선생기념사업회
이사장 최창섭

시장에 신발사러 가는 날 길에 보이는 건 모두 신발뿐입니다. 그리고 마주치는 사람들도 그 들이 신고 있는 신발만 눈에 들어옵니다. 그렇습니다. 세상은 내가 본 만큼만 보이게 되고, 느끼게 되며 또한 보는 것만 존재하는 것입니다. 이는 감성이 우리를 휘감아 정체시키고 있는 현상입니다. 모두가 공허할 뿐입니다. 사람은 태어나 만남과 이별의 방정식을 갖게되고, 각자 얻어진 값으로 삶의 가치관을 결정하게 됩니다. 이때 서로가 질책하고 헐뜯기 보다는 서로가 위로하고 힘이 되는 따뜻한 시어 한 마디가 필요 하다고 생각합니다. 누구나 틈만 나면 시를 이야기 하였으면 좋겠습니다.

시를 말하지 않는 현실은, 자신의 말만 앞세우는 현실입니다. 시창작의 궁극적 목적은 정감있는 삶과 아름다운 삶의 구현에 있습니다. 그런데 우리의 삶의현장은 정서가 메마른 변화로 극심한 혼돈을 겪고 있습니다. 이에 따라 아름다운 시가 삶의 현장에서 살아움직이는 세상이 되었으면 좋겠습니다. 끝으로 해동공자 최충문학상 전국공모전 수상작품집 제1권이 우리들 삶의 현장에서 문학적 함의를 밝혀주고, 작품집에 들어 있는 시 한귀절 한귀절이 삶의 현장에 스며들어 우리들이 살아가는 데 활력소로 기여하기를 기대해 보며 수상집 발간 축사에 가름합니다.

2023. 2. 24

해주최씨 대종회 고문 최순현

해주최씨 대종회 회장 최동석

해동공자 최중문학상 재정 목적과 경위

사단법인 해동공자 최충선생기념사업회에서는 '최충문학상'을 제정하여 전국 공모전을 오산문인협회와 추진하게 되었다. 오산시 내삼미동 문헌공원에는 최충선생을 모시는 문헌서원이 자리 잡고 있으며 선생을 기리는 최충선생 동상도 있어 오산문인협회와 인연을 맺게 되었다.

최충문학상의 제정 목적은 시창작의 실력이 높고 낮음을 떠나 청소년 및 일반인의 자유로운 영혼을 펼쳐보는 기회를 제공하고, 해동공자 최충 선생의 교육정신을 청소년들에게 널리 알려 인성교육의 의미를 다시 한번 되새겨 보는 계기를 마련하고자 한 것이다.다. 그리고 최충선생의 유훈인 계이자시에 나타난 修己와 治人을 인성교육의 토대로 삼고 공모전을 통해 청소년들과 일반인들의 문학적 잠재력 발굴과 정서함양을 도모하고자 하는 데에 목적을 두었다. 이는 최충 선생의 교육사상과 그 배경을 이해시켜 청소년과 일반인들에게 수행적인성, 도덕적인성, 사회적인성을 고양하고자 한 것이다. 이에 '사단법인 해동공자 최충선생기념사업회'가 주최하고 '사단법인 한국문인협회 오산지부'가 주관하며 '오산시청', '오산시의회', '오산지역국회의원', '사)한국예총 오산지부', '오산시문화원', '계간 문학예술' 단체가 후원하는 뜻깊은 행사로 2018년 제1회부터 2022년까지 5회에 걸쳐 진행하였다.

문헌공(文憲公) 최충(崔冲) 선생 연보(年譜)

986년 **(고려 성종3)** 황해도 해주(海州) 대령군 호장(戶長) 최온(崔溫)이 규성(奎星) 별자리가 환하게 빛나는 태몽을 꾸고 아들이 탄생하니 이름은 충(冲), 자(字)는 호연(浩然), 호(號)는 성재(惺齋) 월포(月圃) 방회재(放晦齋), 시호는 문헌공(文憲公)으로 풍모는 석대(碩大)하고 성품은 굳세며 행실은 곧았다.

1005년 **(목종8, 22세)** 갑과(甲科)에 장원급제(壯元及第)하여 서경 장서기(西京掌書記)에 임명되다.

1011년 **(현종2, 28세)** 수제관(修制官)으로 보임되어 있다가 거란군과의 2차 전쟁에 참여하여 좌복야(左僕射) 직임을 받다. 다음해 우습유(右拾遺)로 승진하다.

1013년 **(현종4, 30세)** 수찬관(修撰官)으로 거란군의 침입으로 불에 탄 역대 문적을 편수하고 태조부터 목종까지 7대 실록을 편찬하다.

1020년 **(현종11, 37세)** 중서문하성 기거사인(中書門下省 起居舍人)에 임명되다.

1024년 **(현종15, 41세)** 중추원직학사(中樞院直學士)에 임명되다.

1025년 **(현종16, 42세)** 한림학사 내사사인(內史舍人) 지제고(知制誥)로 임명되어 왕의 명을 받아 원주 거돈사 원공국사 승묘탑 비문을 짓다. 거돈사는 소실되었으나 탑비(塔碑)는 현존하여 대한민국 보물 제78호로 지정되다.

1026년 **(현종17, 43세)** 한림학사 지공거(知貢擧)로 과거시험을 주관, 갑과 최황 등 2명, 병과2명, 동진사과 7명, 명경과 1명을 선발하다. 같은 해 4월 왕명을 받아 직산 홍경사 비문을 지은 공로로 태자중윤에 오르다. 홍경사는 소실되었으나 비갈은 현존하여 대한민국 국보 제7호로 지정되다.

1030년 **(현종21, 47세)** 태자우유덕(太子右諭德)에 임용되어 현종의 왕자(德宗 靖宗 文宗)들을 가르치다.

1031년 **(현종22, 48세)** 현종이 승하하자, 내우외환을 극복하고 선정을 베푼 22년의 치적을 찬양하는 명문을 지어 공표하다.

1033년 **(덕종2, 50세)** 우산기상시(右散騎常侍)로 제수되었다가 4월에 동지중추원사(同知中樞院使)로 제수되어 설원(說苑)의 육정육사(六正六邪)의 글과 자사(刺史) 육조령(六條令)을 관청에 게시하다.

1034년 **(덕종3, 51세)** 형부상서(刑部尙書)에 임명되어 법률, 소송, 형옥을 관장하다.

1035년 **(정종1, 52세)** 중추형부상서(中樞刑部尙書)로 임명되었다가 다시 지공거(知貢擧)로 임명되어 과거시험을 주관, 김무체 등 15명의 유능한 인재를 선발하다.

1037년 **(정종3, 54세)** 참지정사(參知政事) 수국사(修國史)에 올라 현종과 덕종의 실록편찬을 감수하다.

1040년 **(정종6, 57세)** 상서우복야(尙書右僕射)로 국정운영의 중요 현안을 왕에게 건의하여 시행하다.

1041년 **(정종7, 58세)** 판서북로병마사 상서좌복야(判西北路兵馬使 尙書左僕射)로 중용되어 북쪽변방 천리장성의 기틀을 구축하다. 이때 왕이 문무겸전(文武兼全)장군이라 치하하고 내사시랑평장사(內史侍郞平章事)에 등용하다.

1043년 **(정종9, 60세)** 수사도 수국사 상주국 문하시랑(守司徒 修國史 上柱國 門下侍郞)에 오르다.

1047년 **(문종1, 64세)** 최고 관직인 문하시중(門下侍中)에 등용되어 법관들을 불러 모아 율령을 제정하여 반포하다. 이 무렵 제정된 법률은 공신을 위한 공음전시법, 세금을 면제하는 재면법, 세금을 감면하는 담험손실법, 노약자를 우대하는 구휼법, 중죄인을 심문할 때 3인의 형관이 공정한 재판을 심의하는 삼원신수법을 공표 시행하니 나라가 안정되다.

1049년 **(문종3, 66세)** 문하시중 수태보(守太保)에 임명된 후 다음해 사추충찬도공신(賜推忠贊道功臣)이 되다. 이때 최충은 나라의 元老, 老人, 義士, 節婦를 초청하여 잔치를 베풀어 음식을 대접하고 홀아비, 과부, 고아, 폐인, 병자, 봉양해 줄 이가 없는 사람들을 편안히 보살펴 근심이 없도록 하는 복지정책을 실현하다.

1050년 **(문종4, 67세)** 도병마사 문하시중으로 서북지역의 휼민대책을 건의하고 국경을 침범하여 구금된 여진의 추장 염한(鹽漢) 등을 석방하여 여진과의 친선외교를 도모한 공으로 개부의동삼사 수태부(開府儀同三司 守太傅)에 오르다.

1053년 **(문종7, 70세)** 퇴직을 청했으나 문종의 교시는 [문하시중 최충은 누대로 내려오는 선비들의 영수이며 삼한의 덕망 높은 어른이다. 이제 비록 은퇴하기를 청하나 내 어찌 그 청을 허락하랴!,주관 부서에서는 마땅히 전래하는 예법에 의거하여 편한 의자와 지팡이를 주어 나라 일을 계속 보게 하라] 명하여 시중(侍中)의 직무를 계속하다.

1055년 **(문종9, 72세)** 추충찬도협모동덕치리공신(推忠贊道協謀同德致理功臣)에 개부의동삼사(開府儀同三司) 수태사 겸 문하시중 상주국(上柱國)으로 퇴임(致仕)하다. 퇴임 후 구재학당(九齋學堂)을 창설하고 신분과 지역을 가리지 않고 학생들을 선발하여 유학교육에 진력하다.

1058년 **(문종12, 75세)** 국가 중요정책이나 군국대사를 자문(諮問)한 공로로 문종이 공에게 예물로 포상하며 [그대의 뛰어난 계책을 채납하여 백성들을 문명하고 평화롭게 만들어 무궁한 국운이 흥성되었도다]는 관고(官誥)를 내리다.

1065년 **(문종19, 82세)** 문종이 금자광록대부(金紫光祿大夫), 벽상삼한삼중대광태사(壁上三韓三重大匡太師), 중서령(中書令)판상서이부사(判尙書吏部事), 상주국(上柱國), 양평부원군(楊平府院君)에 봉(封)하고 치사(致仕)를 선고(宣誥)하다. 이로써 다섯 임금을 섬기며 60여년간 벼슬하며 재상(宰相)으로 14년, 수상(門下侍中)으로 9년 자문관(諮問官)으로 5년 동안 문덕(文德)으로 왕도 정치에 헌신진력(獻身盡力)하여 국태민안(國泰民安)을 이루다.

1068년 **(문종22, 85세)** 음력 9월 15일 향년 85세에 서거하시다. 백성들의 조문은 [만복을 누리며 문덕을 베푸시고 승천하셨다]하고 문종의 조문은 [그대의 아버지는 봉황처럼 뛰어난 인물로 나라에 어려운 문제를 잘 해결해주었도다. 이상적인 정치를 실현할만한 높은 학문을 지니고 일찍부터 대신의 지위에 올랐으며 우수한 계책을 세워 정책을 보좌하였으니 공의 업적은 역사에 길이 빛날 것이다.] 또한 고려 조정에서는 시법(諡法)에 의거 시호를 문헌(文憲)으로 정하고 정종묘정에 배향하다. 공은 유학 교육에 진력하여 유능한 인재를 연이어 배출하니 동방학교의 흥성이 시작되고, 성현의 가르침이 성하여 동방예의지국을 이루는데 공헌하니 사학의 시조로, 해동공자(海東孔子)로 추앙해왔다.

'海東孔子' 칭호의 유래

중국의 공자는 교육을 통하여 인문(人文)을 개화하고 학문의 보급을 보편화 대중화하면서 춘추(春秋), 예기(禮記) 등의 편찬 기록과 고증을 근거로 하여 과학적이고 합리적인 문명의 시대를 열어 가는 계기를 마련하였다.

우리나라에서도 고려조 최충 선생은 공자의 유교무류(儒教無類)의 교육정신을 계승하였는데 이는 관학에 얽매이지 않는 사학을 설립하여 누구나 뜻이 있으면 다 배울 수 있는 교육의 기회균등을 실천하였다. 또한 교육을 받는 대상을 귀족에 국한하지 않고 모든 평민들에게 개방한 것은 당시의 고려사회에서는 획기적인 쾌거였다.

최충 선생은 현종, 덕종, 정종, 문종의 왕조(王朝)에서 60여 년 간 문덕정치(文德政治)를 실현하여 백성들을 문명(文明)시키고 평화롭게 만들었다. 치사(致仕) 후에는 유학(儒學)을 일으키는 일을 자신의 책임으로 생각하고 후진들을 불러 들여 열심히 가르치니 문학으로 우수한 인사들이 배출되어 국가발전에 크게 이바지하였다. 이로 인하여 고려는 시서와 예절을 갖춘 동방예의지국으로 중국에까지 이름이 알려지게 되었다.

최충 선생이 서거하자 문종은 조문에서 백성들이 문명(文明)하는데 초석이 되었음을 추모하며 '임금을 도와 울타리처럼 든든하였는데 갑자기 세상을 떠나니 공자가 돌아가신 것 같이 슬프다'라고 애도하였다.

이를 계기로 당시의 사람들은 사학의 시조(始祖)인 최충 선생을 중국의 공자에 비유하여 '해동공자(海東孔子)'라 부르게 되었다. 해동공자라는 칭호는 공자를 추종하기만 한 것이 아닌 최충 선생의 교육이념과 실행에 있어 공자와 비견될 수 있다는 의미가 담겨 있다.

사학의 시초 九齋學堂 설립

고려 건국초기에는 유학교육을 미처 일으키지 못하였고 광종(光宗)이 문학을 진흥시키려 하였으나 고려의 문학은 화려한데만 치우쳤다. 그 후 거란의 계속된 침략으로 민생이 피폐(疲弊)할 때 고려사회는 문교가 절대적으로 필요한 시기였다. 이때 최충 선생은 나라의 기틀을 다지고자 우리 역사상 최초의 사학인'구재학당(九齋學堂)'을 열어 수 많은 인재를 육성하여 고려시대 학문을 크게 꽃피웠다.

최충 선생은 그 성품이 청렴 결백하고 솔선수범하였기에 구재학당을 설립하게 된 교육 철학도 성인을 좋아하고 흠모하며 성인을 본받게 하는 신유학에 기저한 인성교육에 있었다. 그리고 인간교육을 지향하였기에 구재학당의 설립 취지도 인간의 내재된 심성을 존양하고 유학의 도덕적 실천을 표방해 사회정화를 선도할 수 있는 인재를 길러내는데 있었다.

교육내용은 낙성(樂聖), 대중(大中), 성명(誠明), 경업(敬業), 조도(造道), 솔성(率性), 진덕(進德), 대화(大和), 대빙(待聘) 등 아홉 개의 학당을 두고 생도들에게 구경과 삼사(九經三史)를 가르쳤다. 이는 인간의 내재적 심성을 인격도야로 지향하는 수기(修己)와 치인(治人)의 수행적 인성, 도덕적 인성, 사회적 인성을 고양시킨 교육이었다.

또한 인격도야(人格陶冶)를 위해 시부사장(詩賦詞章)을 가르치고 글을 짓는 방법으로 각촉부시(刻燭賦詩)를 실시하니 과거에 응시하려는 사람들이 전국에서 모여들어 학도들이 차고 넘치었다. 이 시기에 이를 모방한 유학자 정배걸의 홍문공도 등 11개의 사숙(私塾)도 연이어 생겨나기 시작했는데 고려의 12공도 중에 유능한 인재가 연이어 배출되어 가장 흥성(興盛) 한 곳은 구재학당이었다. 문헌공도의 학맥은 김양감, 최사추, 김인존, 윤관, 최윤의, 윤이언, 김부식, 최홍윤, 이규보, 최자, 이색, 정몽주,정도전 등에게 계승되어 고려 전기부터 시작된 문헌공도는 조선의 근간이 되는 유학계를 형성하게 되었다.

자녀교육을 위한 계이자시(戒二子詩)

최충 선생은 벼슬길에 오른 유선(惟善), 유길(惟吉) 두 아들에게 당부하기를 선비가 권세로 출세하면 유종의 미를 거두는 일이 드물고 문덕(文德)으로 영달해야 경사가 될 것이다. (士以勢力進 鮮克有終 以文行達 乃爾有慶)이라 훈계하고 계이자시(戒二子詩)를 지어 실천하도록 당부했다. 이 시(詩)는 후손은 물론 후학들에게도 정신적 규범이 되어 오늘날까지 전해오고 있다.

吾今戒二子(오금계이자)	내가 두 아들에게 훈계하노니
付與吾家珍(부여오가진)	우리 집안의 보배로 삼아라
淸儉銘諸己(청검명제기)	청렴하고 검소함을 각자 몸에 새기고
文章繡一身(문장수일신)	문장으로 몸을 장식하여라
傳家爲國寶(전가위국보)	집안에 전하여 나라에 보배가 되고
繼世作王臣(계세작왕신)	대를 이어 어진 신하가 되어라
莫學粉華子(막학분화자)	사치와 허영을 배우지 마라
花開一餉春(화개일향춘)	꽃은 봄철 한때 피느니라
家世無長物(가세무장물)	집안에 전하는 귀한 물건은 없으나
唯傳至寶藏(유전지보장)	오직 지극한 보배로 간직하여 전하라
文章爲錦繡(문장위금수)	문장으로 부귀(錦繡)를 누리고
德行是珪璋(덕행시규장)	덕행으로 공명(珪璋)을 이루어라
今日相分付(금일상분부)	오늘 너희들에게 분부하노니
他年莫敢忘(타년막감망)	두고두고 감히 잊지 말도록 하라
好支廊廟用(호지랑묘용)	나라에 좋은 동량으로 쓰여 공헌하면
世世益興昌(세세익흥창)	대대로 더욱 흥하고 창성하리라

문헌서원(文憲書院)의 유래

문헌(文憲)이란 최충의 시호로서 학문과 도덕을 펼친 공덕을 문[文]이라하고, 다능(多能)하며 법률을 고정한 공덕을 헌[憲]이라 하였다. 문헌서원은 문헌공 최충 선생과 문화공 최유선 선생을 모신 서원으로 고려 때부터 황해도 해주 신광천 위에 있었다. 조선 건국 이후 1550년(명종 5년) 황해도 관찰사 주세붕과 해주목사 정희홍이 문헌서원을 해주 향교 서편으로 옮겨 영정을 모시고 조선 명종의 윤허를 받아 제향을 올리던 사액서원(賜額書院)이었다.

주세붕의 제문

옛적 고려가 나라를 세운지 150년이 지난 시기에 사람들은 사욕에 가득 차 있었고, 하늘의 이치는 아득하기만 하였습니다. 하느님은 이를 슬퍼하여 공을 우리나라에 보내주셨습니다. 도덕으로 몸을 장식하셨고, 패술(覇術, 권세로 군림함)을 배척하시며 왕도를 주창하셨습니다. 그리고 학도를 육성하니 문학엔 선비가 가득하였습니다. 마침내 속세를 떠나 후련히 옷자락을 하늘로 날려 학을 타고 다시 하느님 곁으로 돌아가셨습니다. 거처하시는 집을 가지고 학교를 세우시니 구재(九齋)로 인하여 유학이 증진되었습니다. 수양산은 높고 높고, 서해는 넓고 넓으며 성묘는 의연함이 있습니다. 공이 가신지 480년! 저는 백발을 흩날리며 공의 고장을 찾아왔습니다. 마루 위에 모신 공의 화상을 뵈옵고 나의 눈에는 눈물이 가득합니다. 향기로운 제물로 정성을 올리오니 용(龍)과 봉(鳳)을 타고 내려오셔서 저의 술잔을 받아 주소서.

조선 고종의 치제축문(致祭祝文)

1909년 기유(己酉) 정월 고종황제의 거동(擧動)이 서도를 순시하실 적에 [고려 태사 문헌공 최충은 학교를 진흥시키고 국력을 배양하였으니 그 풍성한 공훈과 탁월한 업적은 천년 동안 크게 감탄하는지라 그 묘지를 방문하여 수리하고 지방 관으로 하여금 술잔을 올려라]는 고종황제의 성지를 받들어, 가선대부 규장각 전제관 김유성(奎章閣 典製官 金裕成) 이 축문을 지어 바치었다.

- 차 례 -

발간사…4
축사…6
해동공자 최중문학상 재정배경…7
문헌공 최충선생의 연보…8
'해동공자' 칭호의 유래…11
사학의 시초 구제학당…12
자녀교육을 위한 계이자시…13
문헌서원의 유래 …14

제1회 해동공자 최충문학상

일반부 대상 아버지의 빗살무늬…22
최우수상 달빛마당…24
우수상 헌작(獻爵)…26 / 세한도에 덧칠하다…28
장려상 공갈빵…30 / 우리들의 혼천의…32 / 오솔길…34
직립은 자립…35 / 굄목을 놓다…36

2018 제1회 최충문학상 일반부 심사평…38

학생부 대상 보리밭에서…40
특별상 해동공자 최충…42
초등 최우수상 멍멍 강아지풀…44
우수상 연필깎이…45 / 비행기를 타면…46
장려상 꽃 한 송이…48 / 빛나는 무지개…49 / 국화…50
책…51 / 그림자…52 / 책…53
중등 최우수상 느림의 미학…54
우수상 어린왕자…56
장려상 위로…58 / 자갈…60
고등 최우수상 토함산 아리랑…62
우수상 소년, 소년을 만나다…64 / 동짓밤…66

장려상 시계…67 / 生…68 / 신분증이 된 자동차…70
손길…73 / 억지로 낀 반지…74
2018 제1회 최충문학상 학생부 심사평…76

제2회 해동공자 최충문학상

일반부 대상 장마…80
최우수상 머리 없는 불상(佛像)…82
우수상 숲의 기억법…84
장려상 돌의 연대기…86 / 햇살이 차가워질 때까지…88
그녀의 몸속엔 바다가 산다…90 / 고깔제비꽃…92
2019 제2회 최충문학상 일반부 심사평…94

학생부 대상 빛바랜 자개장…96
초등 최우수상 최충은 큰 그릇…98
우수상 구제학당의 신사…99 / 구재학당…100
장려상 우리 할머니…102 / 공부하면 최충…104
구제학당 가는 길…105 / 바로, 최충…106
중등 최우수상 느티나무…108
우수상 흘러가는 물, 흘러가는 사람…109 / 길…111
장려상 잡초…113 / 우리엄마…114 / 고운 모래의 숨결…116
하늘을 향한 나무…119
고등 최우수상 반딧불…120
우수상 씨앗…122 / 눈물편지…124
장려상 목련…125 / 현재의 근원…126
몽상화…129 / 가둬진 감정…131
2019 제2회 최충문학상 학생부 심사평…134

제3회 해동공자 최충문학상

일반부 대상 물의 잠을 묶다…140
최우수상 거미인간…142
우수상 진도 벌포마을…144
장려상 관…146 / 비질…149 / 고래는 달빛으로 눕는다…151
소금의 기억법…153
2020 제3회 최충문학상 일반부 심사평…155

학생부 대상 어느 신도의 발뒤꿈치…158
초등 최우수상 최충 할아버지…160
우수상 진짜 선생님…161 / 참 이상한 선비…162
장려상 최충의 공부…164 / 최충 선생님께 가면…165
나도 그 길을 걷고 싶다…166
중등 최우수상 창문을 걷으면 나는 건조해진다…168
우수상 안중근의 수인…169
고등 최우수상 아버지의 거미집…172
우수상 할머니의 왈츠…174 / 찌그러진 깡통…176
장려상 거리…178 / 마스크 나무…179
할아버지의 1년…180 / 청신(淸晨)…182
2020 제3회 최충문학상 학생부 심사평…183

제4회 해동공자 최충문학상

일반부 대상 풍경에 기대다…188
최우수상 바지랑대…190
우수상 물결…192
장려상 씀바귀…194 / 외발수레…196 / 벵골만의 일몰…198
붉은무늬 푸른나방…200 / 파꽃…202 / 성에꽃 까치둥지…205
2021 제4회 최충문학상 일반부 심사평…206

학생부 대상 별가루를 삼키며…210
초등 최우수상 갈까요?…212
우수상 해동공자…213 / 학교풍경…214
장려상 아름답게 진다…215 / 나는 3재학당 학생이다…216
최충선생님 제자…217 / 날씨…218
중등 우수상 등…220 / 봄을 캐는 할머니…222
장려상 동쪽의 큰 스승…223 / 아빠의 셔츠…224 / 꿈의 딸…226
고등 최우수상 낡은 고무조각…228
우수상 먼지의 온도…230 / 분수(噴水)…232
장려상 독거노인…233 / 성장의 이면…234
완두콩의 가족…236 / 반복…238
2021 제4회 최충문학상 학생부 심사평…240

제5회 해동공자 최충문학상

일반부 최우수상 나비질…248
우수상 굴뽕을 딴다…248 / 미역국…250
장려상 삼례시장…252 / 발바닥 탁본…254 / 할머니의 글맛…256
호박의 부양능력…258 / 각촉부시…260 / 안개의 터널…262
2022 제5회 최충문학상 일반부 심사평…264

학생부 대상 저녁의 향기…268
최우수상 심장의 쿵…270
초등 우수상 촛불시계…272 / 별빛학당…274
장려상 각촉부시…275 / 별빛학당…276 / 각촉부시…277
오래된 나무의 인생…278 / 우리가 지금…280
중등 장려상 못…282 / 자연의 구제학당…284
흘러가는…286 / 태양을 받으며 만개…288
고등 우수상 장마의 전선…290 / KTX열차 여행기…292
장려상 러시아워…294 / 각촉부시…296 / 어머니의 사진…298
2022 제5회 최충문학상 학생부 심사평…300
해동공자 최충 문학상 전국공모전…304

제1회 해동공자 최충문학상

구분	학생부			일반부	비고
	초등	중등	고등		
대상 (오산시장상)	1명(상금 30만원)			1명 (200만원)	
특별상 (지역국회의원상)	1명(상금 20만원)			없음	
최우수상 (오산시의회상)	1명 (상금 10만원)	1명 (상금 10만원)	1명 (상금 10만원)	1명 (상금 30만원)	
우수상 (오산, 화성 교육지원청상)	2명 (각 상금 5만원)	1명 (상금 5만원)	2명 (각 상금 5만원)	2명 (각 상금 10만원)	
장려상 사)해동공자최충기념사업회 이사장상 사)한국문인협회 오산지부상	5명 (각 상금 3만원)	2명 (각 상금 3만원)	5명 (각 상금 3만원)	5명 (각 상금 5만원)	
수상인원	22명			9명	31명

아버지의 빗살무늬

김유진(부천시 원미동 중1동)

울타리에 기댄 빗자루, 아버지의 갈비뼈처럼 적막하다
어둠을 사립문 밖으로 쓸어내던,

헛기침으로 새벽을 열고 마당을 쓸던 대빗자루에 검버섯처럼
이끼가 무성히 자랐다

귀가 닳아 몽땅해진, 칡 끈이 삭아 매듭 풀린 자리에 손때 묻은
지문이 남았다 최초의 낙관처럼

빗자루를 태워 연기로 날려 보낸 아랍의 어떤 부족처럼 아비
의 빗자루를 아궁이에 넣고 군불을 지폈다 굴뚝 밖으로 빠져
나간
연기는 마당을 추억한다는 듯 머뭇거리더니 팔랑팔랑 북향
으로 날아갔다

마당에 빗살무늬를 그려 넣던 아버지, 아름다운 아침 풍경을
만드셨다

대추나무 엷은 그늘이 햇볕에 끌리고 있다 삐짝 마른 그늘이
아버지의 옆구리 흉내를 냈다

아버지의 유전자가 나에게 옮겨붙어 가문의 혈통 같은 마름병을 앓게 되어 땅거미를 잡아먹었다

바람에 시달린 폐가의 지붕, 앙상한 가슴팍처럼 서까래들이 빗살무늬로 얹혀있다 먼 순례의 길 같은 빈약한 굽은 등을 만져보고 가는 바람의 근육,

어둠의 뿌리에 걸려 넘어진 바람의 뼈들이 등짝에 붙어 후렴처럼 흔들렸다 빗살무늬 옹구발에 거름을 지고 무덤 골 무논으로 오래전에 떠나신 아버지.

달빛마당

박수봉(수원시 권선구 금곡로)

돌계단 밟아 문헌서원 가는 길
청잣빛 하늘이 고려 같았다

나무들이 뚜벅뚜벅 걸어 들어간 숲속에 내가 아는 고려가
있다 하늘에 화문으로 박혀 있는 낮달이 희미한 몇 세기를
이곳에다 풀어놓고 짐짓 모른 체 돌아갔다 계절이 시끄럽게
울고 있는 것은 나무들을 고려한 감정일 것이다

서원 뜰 가득히 달빛 걸어놓고 계절풍의 바람이 소나무 현을
튕긴다 수십 세기를 건너온 악보 없는 연주가 층계 밑 배롱나
무의 눈시울을 적신다 촛불을 켜놓고 달빛마당 서성였을
월포(月圃)*의 외로움도 저렇게 붉었겠다

촛불이 질 때까지 세우지 못한 시의 등뼈가 화석으로 뒹구는
뜰, 여물지 못한 세상, 벌어진 옷섶을 꼭꼭 여며주던 시인의
문장들은 한줌 재로 사라졌다 전염병처럼 불어 닥친 회오리
바람, 분서(焚書)의 매운 연기가 세상을 덮고 사람들은 연신
눈시울을 훔쳤다 연기로 뒤덮인 불가역적 길 위에서 시인은
줄곧 말을 잃었다

저녁 숲이 꺼내어 놓은 별곡체의 음률이 배롱나무 옷자락을
흔든다
丹心, 꽃잎은 지면서도
얼마나 입술을 깨물었는지 바닥까지 벌겋게 핏물이 배었다

바람의 유골이 흩어져 있는 서원의 달빛마당
월포의 도포자락 품 넓은 그림자가 소매를 털고
가만히 방문을 연다
달 한 조각 쥐고 등을 보이며 걸어가는
새벽 어깨 사이로 고려의 뒷모습이 어른거린다.

*월포(月圃) : 최충 선생의 호

헌작(獻爵)*

- 최충 선생을 생각하며

최류빈(광주광역시 북구 서방로)

술잔을 놓으려다 쏟고 말았다 아무렇게나 흩어진 酒의 말
투명한 먹이 가부좌를 튼다 붓을 쉬이 댈 수 없고
당신은 쓰린 목넘김이랴, 회초리 들고 하늘의 말을 쏘아댄다

옷섶 다 젖어도 저 달구지 끄는 손까지 그러모아
언저리에 핀 버섯 그늘이 되어 소소리바람 다 불러모았다

향초를 타고 노는 연기 꼭 훌훌히 올라 승무를 추는 것 같아
둥그런 제기(祭器) 일어나 어깨 저 능선 위로 걸치더니
너는 아주 취한 학이 되어 거나하게
수양서원 저 편에 그림자 만든다, 구름으로 환신한 것처럼
술이 말라가고 흰 술잔 속에선 너울을 그려도

차가운 단어는 철릭을 입고 뜨거워진다 칼날이 들어있는 걸까
술병 밖에서도 술 향기 그윽한데
잔에 떠있는 입술들이 연꽃 같아 너는 취기 없이 대화를
건넨다

무릎을 헌사하고 잔 속을 보자 시린 문신처럼 바닥에
남아있는 당신의 얼굴
한 번 쓸어주는 배향, 잔이 빈다.

---

*헌작(獻爵): 술을 올린다는 의미에서 헌작은 신령에게 정성을 들이는 가장 기본적인 절차이다. 유교식 예법에 맞추어 보통 삼헌(三獻)이라 하여 세 잔의 술을 바친다.

세한도에 덧칠하다

김숙자 (대구 달서구 상인서로)

아침이면 담묵 들어찰 거라고
갈던 먹 밀어내고 새 먹을 간다

마지막 겨울비가 뭉갠 풍경에서
새들의 몸은 문풍지처럼 가벼웠다

당신이 갈필로 휘저은 자리에서
지저귐이 어여쁜 목젖 그늘이 되고 싶은 나는
채색필을 들고 포르륵 포르륵 지저귀며 날고 싶었다

바위를 때린 우점준들 튀어 오를 때
눈 위에 우뚝 선 소나무의 세파를
겨울 집 봉창에 구겨 넣고 싶었다

그림자 꽁꽁 얼었다고 뿌리까지 언 건 아닐 거야

당신이 머물던 벼루와 연적 사이
이제 내게 남겨진 일이란
세필을 들고 물빛 새소리 화선지 가득 번지는 일

나 아주 먼 행성에서 유배되었으나
낙관 찍힐 자리는
천 년 뒤에나 열릴 서랍 속에
여백인 듯 밀어 넣는다, 천천히.

공갈빵

최미숙(서울시 노원구 중계로)

이를테면 삶은 공갈빵,

삶은 밀가루처럼 흩날리기 쉬운데
울음과 웃음을 넣어 반죽하면 모양이 만들어진다
둥글게, 사각으로 때로는 형체를 알 수 없는,
덤덤한 삶에 생기를 준다
이스트를 넣지 않는 건 소시민의 자세
한꺼번에 부풀어 오르거나
뜨거워지는 건 금지
내 남자는 뜨뜻미지근하지만
생활을 반죽하기에는 적당하다
너무 짧거나 오래 치대는 건 삶을 더 가혹하게도 하고
실직과 실패를 거듭하며 툭툭 끊기면
남은 반죽마저 쓰레기통에 처박고 싶다
완벽함이란 처음부터 없는 것,
생활이 숙성되는 동안
눈물을 이해하고 웃음 속으로 얽혀 들고
손끝에 닿지 않는 것들을 체념하면서
삶은 더 쫄깃해진다
숙성되지 않았을 때 퍽퍽한 목메임이라니,

흑설탕으로 만든 소를 넣어
삶은 달콤한 거라고 최면을 걸어도
바삭하게 굽고 난 후에
속이 텅 비어 있다면

알고 보면 그게 다 공갈인 거야
삶은 원래부터 공갈인 거잖아.

우리들의 혼천의

유지우(대구 북구 동변로)

우연과 우연이 만나 서로의 별 이름 불러 줄 때 있다

7번국도 가드레일 복숭아 가판대 위의 그녀가
주섬주섬 담아 보내온 황도(黃桃)
꽃 진 배꼽자리에서
황도(黃桃)12궁 처녀자리, 끊어진 태양의 길목을 읽어낼 때

봉해진 테이프 안에, 상자 안에
두꺼운 골판지 아래, 스티로폼 아래
그물망을 뒤집어 쓴 황도, 열어야 할
겹겹의 문에 짓눌린 그녀의 우주에서
앉은 자리마다 움푹한 웅덩이를 본다

살짝 부딪힘에도 멍이 들어
쉽게 물러버린 진물로 썩어 들고
빠르게 질주하는 바퀴들의 소음과 소금기 머금은 해풍은
길 위의 삶을 가속도로 시들게 했다

처녀자리, 그녀의 별은 어디쯤에서 궤도를 이탈한 걸까

우연이 우연의 별이름 부르며
하늘 별자리 버리고 지상의 단내 물씬한 열매로
꺽인 날개들 치유해 주던 그녀의 별자리 찾으러간다

어둠이 필연의 얼굴로 뒤통수치듯 나타나
삼켜버린 그녀의 별자리 찾으러
이른 새벽, 씨앗의 둘레에서 딱딱해진 블랙홀 만나러간다.

오솔길

한상록(수원시 권구 고색동)

꿈에서 꿈이 한길이듯
융릉과 건릉 사이는 지척이다
자신을 다시 쓰고자 하는이들은
이곳으로 와 오솔길을 걷는다
사고무친했던 만큼 외로웠을 이산의 행적을 떠올리며
마음거울을 비췄본다
세상의 허물이라는 것, 벌이라는 것 뭉치면 저런 봉분이될까
한이 하늘까지 차오르면
허전한 자리에 마음 한 조각 올려놓는 걸까
깊은밤 잠을 열때마다 꿈이 하나 들어서고
꿈을 위협하듯 쇄골을 흔드는 바람소리
바람에 흔들리며 긴 밤을 나기까지
이산이 낳고 싶었던 꿈은 무엇이었을까
안으로 걸어 들어갈수록 더 깊이 들여놓는 묘역의 적막
역사는 숲과 오솔길 사이 잠들어 있고
길은 사람을 낯설어한다
외로움을 곱씻으며 오솔길을 빠져나오는데
숲에 숨어있던 새울음이
무딘 귀 안쪽을 두드린다.

직립은 자립

김태호(강원도 횡성군 둔내면)

비바람에 무릎 꺾인 정원수를 세웠다
끈으로 맞당겨진 팽팽함에 기댄 나무
세상을 바로 볼 수 있는 눈높이가 되었다

직립이란 당당하게 하늘을 본다는 것
땅을 디딘 각각이 균형 축을 지키는 것
서 있는 모든 것들은 중심을 갖고 있다

잃었던 중심을 목발에 고정하고
나무의 눈높이에 제키를 맞추려는
아이의 젖은 미소가 온 집안에 스며든다

빛줄기가 새겨놓은 반듯한 길을 따라
긴장의 끈 놓지 않고 대견하게 서있는 둘,
온전히 홀로 설 때까지 견뎌내야 할 일이다.

굄목을 놓다

김가현 (인천광역시 서구)

가지런한 대숲이 묵향 베인 학당을 단정하게 품고
빽빽하게 꽂힌 서책들은 먹물 풀어낸 활자들로 단단히
고정되어
입신양명의 꿈이 쉼 없는 붓질에 한 생을 받치고 있네요
현실의 중압을 껴안은 배움의 공간은 언제나 전쟁 같죠
희끗희끗한 가르마 같은 오솔길에 올라
달빛이 덮어주는 이불로 잠들 때까지 시를 읊으면
깊이 뿌리박힌 대숲도 바람에 포갠 채 잠이 들어요
글방마당 구석에 자리 잡은 매화봉오리
벼루에 풀어지는 연적처럼 온축해 놓은 향이 풀어지고
시린 삭풍과 맞서 무뎌진 분홍빛을 감싸고 있죠
삐걱거리는 석계(石階)에 굄목을 놓으면
아둔한 어둠을 더듬어 휘황한 촛불이 밤을 깨우고
옥판선지에 난초 한 줄기를 치는 손길이 팽팽해져요
학당 앞 느티나무에서 울려 퍼지던 북소리 산천을 뒤흔들 때
눈빛에 날을 세운 강독(講讀) 소리 요란해요
무한의 끝을 돌고 도는 엄격한 가속도의 각촉부시(刻燭賦詩)*
시어가 수놓은 꽃비단이 공중에서 펴져가요
짙은 밤 날짐승의 포효소리는
문고리를 걸어 타래쇠를 꽂아 닫아야 했지만

바람에 풀어 놓은 학당의 읊조림은 천고의 묘함이 흐르네요
문장으로 몸에 수(繡)를 놓은 음성의 파도는
맹렬하게 격랑을 헤쳐 구재학당을 훑고 가요
흐트러진 마음 단단히 동여맨 굄목이 두터워지면
점점이 붉고 따스한 빛이 아지랑이로 피어오는 묵향도
현기증을 일으키던 시간의 속도도
미세하게 흔들리다가 고요해짐을 반복하죠
돌담을 넘어온 해금 소리 굄목을 맴돌 때
바람이 불면 공중에 생기는 비의 명주실 무늬가
머리칼을 헤쳐 참빗 살 사이로 가지런히 빗겨주어요.

* 각촉부시 (刻燭賦詩) : 초에 눈금을 새기고 그 눈금이 타기 전까지 시를 짓는 놀이.

2018 제1회 최충문학상 일반부 심사평

심사위원장 김명인(교수)

올해 처음으로 진행된 '제1회 해동공자 최충문학상' 전국공모전의 대학 · 일반부 응모작품들은 상(賞)의 연치에도 불구하고 상당한 수준의 응모작들과 만나게 하여 심사 자리를 들뜨게 만들었다. 주최 측의 세심한 준비가 바람직한 결실로 나타난 것이리라. 응모 작품들의 전반적인 수준도 높았지만, 수상에 든 몇몇 작품들은 주장을 시로 세공하는 솜씨가 잘 조련된 장인의 그것 같아서 달리 흠 잡을 데 없는 완성된 작품으로 읽혀졌다.

마지막까지 심사자들이 숙고했던 시편은 「아버지의 빗살무늬」「달빛마당」「헌작」「세한도에 덧칠하다」 등이었다. 「아버지의 빗살무늬」는 폐가로 남겨진 옛집을 둘러보며 세상을 등진 아버지를 추모한 작품이지만, 그것이 '울타리에 기댄 빗자루'의 '빗살무늬'로 그리움을 확산시키고 있어서 시의 설득력을 살려낸다.

한편, 「달빛마당」은 주체의 체험이 고스란히 작품으로 반영되어, '문헌서원'의 정경이 독자에게도 환하게 이전되는 듯한, 역사의 힘을 느끼게 하는 작품이었다. 그러고 보면 「헌작」「세한도에 덧칠하다」 또한 고전적 풍미를 제대로 살려낸 음미할 만한 수준의 시편들이었다. 심사자들은 「아버지의 빗살무늬」

를 대상으로, 「달빛마당」을 최우수상, 그리고 「헌작」과 「세한도에 덧칠하다」를 우수상으로 뽑으면서, 문장으로 배향하는 이러한 정성들이 '월포(月圃)'의 가르침에 가닿아, '최충문학상'의 정신으로 길이 새겨지기를 기대하였다.

보리밭에서

전대진(목포 덕인고1)

바다 건너 봄소식
밀려오는 들판에
날씨 추워 흙 속 깊이
몰래 감춰둔
작고 가는 손을
가만히 뻗는다.

춥고 지루한 겨울
얼어붙은 땅 헤치고
살짝 고개 내민 보리
살랑대며 걸어오는
봄바람 따라
참고 참았던 거친 숨을
힘껏 내쉰다.

봄바람이 숨 한번
크게 내쉴 때마다
호르르 호르르
기분 좋은 휘파람 불면서
보리밭 귀퉁이에

한없이 주저앉아
술래잡기하던
키 작은 겨울을
조금씩 밀어낸다.

지난봄 다시 만나기로
손가락 걸며 약속한
아지랑이 기다리며
입술 꼭 다문 보리
간지러운 수염 흔들면
하얀 눈 내리던 날
숨죽인 보리밭에는
팔딱이는 생명의 기운이
초록으로 빛난다.

둥지 박차고 나온
참새가 재잘대며
하늘 날아가는 보리밭에서
파란 파도 한 번씩
출렁거릴 때마다
아직은 가기 싫다고
억지 부리는
하얀 눈 안쓰러워
발길 멈춘 봄이
서서히 키 늘리는
보리 잎 부러운 하품을
초록 물결 위에 토한다.

해동공자 최충

김하은(춘천 유봉여중1)

학문과 덕망을
하늘처럼
쌓아 올리고

벼슬과
재물에
연연해하지 않고

제자들을
열심히 길러낸
해동공자 최충 !

바다 건너
작은 나라에
위대한 학문을 펼치신
해동공자 최충 !

그분의
깊은 깨우침으로

어두웠던
백성의 눈이
오늘날까지
환하게 빛난다!

멍멍 강아지풀

조은서(오산시 다온초3)

길을 가는데
강아지 한 마리

강아지가 꼬리를 살랑살랑
집에 가야 하는데
발이 움직이지 않아.

연필깎이

박건우(전남 삼기초5)

연필 깎기에
꽉 붙들린 연필

빙글빙글
돌다가 나오면
깔끔깔끔

하루에 몇 번이나
단장하는지

연필깎이는
연필의 엄마.

비행기를 타면

최휘결(서울 신미림초3)

비행기를 타면 웃음만 나오지
마냥 좋아서
웃음이 더욱 커지지

엄마가 조용히 해라
야단을 쳐도
웃음은 더욱 커지지

비행기를 타면
동생에게 화도 안 내고

내 장난감 만지는
동생을 봐도
웃음만 나오지

비행기를 타면
내 마음도 하늘만큼 넓어지지

바람을 가로질러
부웅하고 비행기가 뜨면

내 마음도
쌍 날개 프로펠러가 되어
푸른 하늘을 마음껏 날아가지.

꽃 한 송이

최예령(용인시 기흥초5)

하얀색 꽃 중에
분홍색 꽃 하나가 피어 있네
하얀 꽃들 사이에
혼자 다른 꽃
나도 우리 친구들과 함께 있으면
분홍색 꽃 한 송이
그래도
다 같은 꽃송이들
다 같은 내 친구들.

빛나는 무지개

송주은(오산 다온초4)

알록달록 무지개 미끄럼틀 탔네
넘어지고 넘어지고
 주르륵 엉덩이에 불이 났네

무지개야?
비 오는 날 멋지게 몸매를 자랑하지?

눈 오는 날에도 바람 부는 날에도
내가 슬픈 날에도 나와 주렴?

국화

이수민(오산 다온초4)

국화야 국화야
해님처럼 밝은 국화야

너는 왜 이렇게 예뻐?
나는 그냥 햇빛을 담아
밝은 모습을 보여주고 싶어

아, 그렇구나
노랗고 노란 국화의 비결
진짜 좋아 보여서 따라 하고 싶어

따라 하자마자
내 성격이 활발해지거든.

책

김주현 (오산 운산초)

궁금해 다음 장이 그다음도 신기해
볼수록 재미있는 마술 같은 동화책
세상의 이야기들을 모두 모아 놓았나 봐.

그림자

이혜민(오산 고현초2)

내가 잡으려 아무리 애를 써도
잡히지 않는 그림자
어떻게 잡을까?

그물을 던져볼까?
이리오라고 말해볼까?
숨어 있다가 나타나면 잡아볼까?

그림자는
자꾸자꾸 장난을 치네….

책

김주현 (오산 운산초)

궁금해 다음 장이 그다음도 신기해
볼수록 재미있는 마술 같은 동화책
세상의 이야기들을 모두 모아 놓았나 봐.

느림의 미학

지동인(울산 학성여중3)

나는 느리기만 한 내가 싫었다
항상 날렵하기 위해 노력했다

필요하지도 않은 날개도 달아보았고
어울리지도 않는 무늬도 새겨보았고
작동하지도 않는 모터도 붙여보았지만

날개는 얇디얇아 금방 뜯어졌고
무늬는 흐르는 땀방울에 지워졌고
모터는 거추장스럽기만 하였다

나는 그날부터 '빠름'을 포기하였고
나는 그날부터 '느림'을 터득하였다

느린 것은 마냥 나쁘기만 한 건 아니더라

더 이상 발을 헛디디는 일도 없었고
숨을 가쁘게 헐떡거리지도 않았고
나 자신을 혹사 시키지도 않았다

무엇이 나에게‘빠름’을 강요하였고
무엇이 나에게‘느림’을 비난하였는가

두 발을 놔두고 날아갈 이유는 없었다
내가 건널 강에는 돌다리가 있고
내가 오를 산에는 돌계단이 있다

보기에는 한없이 막막하고 복잡한 이 길이
단순한 구부러짐이 아닌 미로일지도 모르지만

오르는 동안에는 정상에 목마르고
한 걸음걸음을 말동무 삼아 오를 것이니

꼭대기에 서서 끝없는 풍경의 성취감으로
지금껏 버텨내던 갈증을 재우겠지.

어린왕자

송민선(성남 창성중2)

오로지 마음으로 봐야
정확히 볼 수 있어
가장 중요한 것은
눈에 보이지 않는 법이지

하지만 나
이제 이곳에서는
마음으로도 아무것도 보이지 않아
어른들은 모두
눈에 보이는 것에만 집착하지

지금부터 나
욕심의 산을 넘고
욕망의 강을 건너
갈등의 타워보다 더 높이 날아가
메마른 사막과도 같은 서울을 떠나서

앞으로 나
자유라는 이름의 날개
희망이라는 이름의
장마를 보러 떠날 거야

이제 나
다시 돌아갈래?
이곳은
나에게 너무 외롭고 삭막하거든
이곳에서는
나도 어른이 되어 모든 걸 잊게 될 거야
그러니 지금 돌아갈 거야

나의 고향, 내가 있던
아름답고 깨끗한
나의 마음속 B612으로….

위로

박연옥(광주 금호중앙중3)

나는 벽이 좋다.
그저 내가 묵묵히 기댈 수 있게 해주는.

슬퍼서 눈물을 흘려도
놀라지 않고 받아주는.

감정 없는 딱딱함이
나에게 주는 위로는 너무나 따뜻해서
내 마음은 시원해진다.

그저 조용히 내 울분을 들어주는 벽 덕분에
머리를 편안히 기대고
마음을 열 수 있다.

내 시간을 조금이라도 덜 외롭게
이제 덤덤하게 일어설 수 있게 해주는

벽 덕분에.

공허해진 마음속에는
고마움이 남고
새로움을 채울 준비를 마친다.

자갈

손성훈(오산 오산중3)

사람 발길 닿지 않는 한적한 바닷가에
옹기종기 붙어사는 자갈들은 어찌 그리 아름다울까
아름다운 자갈이 없고
못난 자갈이 없기에
자갈밭의 아름다움은 더더욱이 빛나는구나

우리 사는 세상도
잘난 사람 없고
못난 사람 없다면
조금은 더 살기 좋지 않을까?

토함산 아리랑

권민규(경주 문화고3)

토함산 자락 돌 깨는 소리
부서지고 이어 붙으며
울음을 만드는 소리만
신라 땅에 울려 퍼지나니

환갑하고도 十二支 한 바퀴를
더 돌아온 석공의 비지땀은
어딘가 투박한 형(形)으로
귀밑에 영글어 반짝였다

예쁜 돌 모난 돌 너나없이
정을 대고 두들기며 그는
희미한 혜안(慧眼)으로 그를 보는
아흔의 노모를 생각했고

초점 없는 미소를 등에 이고
묵묵하고 굵직한 사념을 쥔 채
석공은 坐佛을 다듬으며
이내 한 떨기 육십갑자를
새겨나갔다

자비를 구걸하기로서니
설움만 절절히 끊어져
눈물방울마다 여울지는
석가여래의 후광

절망 같은 벌판에 울려오는
구십 노친 실없는 고함소리
석공의 거룩한 노동 뒤로 들려오는
겨울이 지고
봄꽃 피는 소리.

소년, 소년을 만나다

현명우 (오산 오산고3)

남자 친구가 나를 부른다
농구를 같이 하자는 말에
냉큼 운동복을 입고
농구화를 챙겨 대문을 나섰다

여자 친구가 나를 부른다
노래방에 가자는 말에
TV 속 가수처럼 치장하고
목을 가다듬은 후에 대문을 나섰다

내가 나를 부른다
공부 좀 해야 하지 않겠냐는 말에
먼지가 앉은 책상에 앉아
묵혀둔 새 책을 펴고
고급 샤프를 들었는데
머릿속엔 오로지 친구들과 노는 생각뿐

나의 생활과
나의 시간은
온데간데없고
남겨진 것은

이제 나는 떠나려 한다
잊고 있었던
친구들의 그림자에 가려 보이지 않았던
아직도 성숙의 길에서 방황하고 있을지도 모르는
한 소년을 만나러.

동짓밤

박성은(김천 율곡고2)

1
동지 밤 할머니는 수많은 알을 낳았다.
찹쌀 반죽 덩어리는 뭉개지고 둥글리다
할머니 손바닥에서 새알로 태어났다.

2
어미 새 품 안에 안겨보지 못한 새알은
껍데기를 깨지 못했고 새가 되어 날 수 없었다.
액운을 물린다는 팥죽 솥에서 익었다.

3
할머니 없는 동짓날 밤 새는 알을 낳지 않고
싸락눈만 싸락싸락 날아와 앉았다.
지나던 눈먼 새 까악까악 우는 밤

시계

최용학 (오산 운천고3)

시간을 가리키는 짧은 바늘은
어린아이와도 같아서
하루하루가 느리게 흘러만 간다고 느낀다.

초를 가리키는 긴 바늘은
젊은 청년과 중년 같아서
하루하루가 빠르게 흘러만 간다고 느낀다.

분을 가리키는 중간 바늘은
늙은 노인들과도 같아서
하루하루가 평범하게 흘러간다고 느낀다.

生

이은택(대구 거창고3)

밤 9시 러시아워의 끝자락
그들은 낮은 곳에서 쉬지 않고
온몸을 비비며 달빛을 더듬는다

우리의 소음은 그들의 구애
이내 그 사랑에 귀를 기울이다
잠이 든다

밤에는 잡히지 않던 生의 소리가
아침까지 발꿈치를 울리운다

해가 오르면 낮아지는 그들의 발목
있는가 돌아보면 사라질까 두려워
책상에 앉아 다리를 떨며
여자는 귀뚜라미를 잉태한다

태아의 생명을 먹고 자란 산모는
두 손 가득 새벽달을 끌어올린다

발길질하는 행복에 잠겨
고요히 윗옷을 벗고
찌르레기 소리에 귀를 기울이다
잠이 들다.

신분증이 된 자동차

전대산(목포 마리아회고3)

어느 날부턴가
길거리 신호등 무시한 채
큰 소리 지르는
모양 다른 자동차가
사람의 신분 나타내는
신분증이 되었다.

관공서 드나들 때도
낯선 곳 방문할 때도
누가 얼마나 잘 사는지
누가 얼마나 인정받는지
가장 먼저 알 수 있는
그것은 그가 타고 다니는
자동차 이름이었다.

그 비밀 아닌 비밀이
조잘대는 입을 통해
불길처럼 번져가자
머리가 빈 사람들은
누가 먼저랄 것도 없이

값비싼 외제 차 구입하느라
가진 것 담보로
이자 비싼 대출 받고
가까운 친척 보증 세워
껍데기뿐인 그 물건에
눈독을 들이기 시작했다.

이자를 내더라도
그럴듯한 좋은 차를 사서
다른 사람 눈에 확 띄게 하고
겉모습이 예쁜 여자
금방 만나게 해주는
자동차에 도취 된
사람들 마음속에
돼지 보다 더한 욕심이
커져만 갔다.

모래밭에 지어 놓은
위태로운 집처럼
어느 날 갑자기
무너질지 알 수 없는
신용불량과 외줄 타는
어릿광대 되어
자꾸 헛발질하면서도
외제 자동차가 부르는
달콤한 유혹에

속아 넘어간 사람들은
욕망이란 이름의
현대판 노예가 되어 간다.

밤이 지배하는
어두운 거리 질주하는
마음이 텅 빈 현대인의 아픔
고스란히 싣고
오늘도 길거리 쏘다니는
불쌍한 이름들이
번쩍거리는 자동차
운전대 움켜쥐고
껍데기뿐인 자신 모습
애써 감추며
몸부림을 친다.

속도 높여 달리면
더 빨리 달릴수록
더 깊이 빠져드는
자동차 블랙홀에 갇혀
한껏 고통에 찌든
어색한 몸짓으로
외제 차에 중독되어
자기 모습 잃어버린
떨리는 손을 내민다.

손길

강민석(대전 충남고1)

계속해 거칠어져만 가는 그녀의 손
그 손을 보면 볼수록 계속 늙어만 가네

어린 나이 해줄 수 있는 게 없어
쏟아낼 것만 같은 보름달의 눈으로
바라보기만 하는 내가 아쉬워라

그런 그녀는 울지 말라며 거친 손으로
내 등을 토닥여주네 하지만
거친 손의 감촉만큼은 따스하게 느껴져

보름달은 차올라 끝내 터져 주변의 하늘로 흩어져
별들이 되어만 가네 .

억지로 낀 반지

권여정(경북 구미고2)

너는 고통 받는 순간에도 내가 우선이었네
세상의 모든 아픔이 너를 찾아와도
너는 나를 위해 이 악물고 버티더라
터질 것처럼 피어오르는 연기 속에서도
새빨간 화마가 너를 삼키려 해도
너는 나를 안고 있었네

미련한 사람, 나의 미련하고 사랑스러운 바보야
그랬으면 안 됐어. 그러지 말지.
너는 조금 더 이기적이었어야 했어
그래서 네가 살았어야지
나 말고 너를 먼저 생각했어야지

네 숨이 끝나는 순간에도
너는 나만 생각했구나.
나의 무사함을 확인한 너는
그제야 팔에 힘을 풀었구나

힘없이 땅으로 떨어지는 네 손에는
나의 실수로, 너에게 상처가 된
너와 나의 반지가 억지로 자리 잡혀있네.

2018 제1회 최충문학상 학생부 심사평

심사위원 최운선(교수, 문학박사)

좋은 시는 사람의 마음을 감동시키는 울림이 있다. 때로는 시가 사람들에게 위로가 되기도 하고 용기를 북돋아 준다. 방탄소년단의 음악에도 청소년들을 위한 힘이 살아 있듯이 우리 청소년들이 쓴 시에도 그들 나름대로의 삶을 지탱하는 든든함이 있다. 일상의 체험을 바탕으로 쓰여진 청소년들만의 시는 자신들의 삶의 가치를 표방한다.

제1회 최충 문학상에 응모한 학생부 225편 중 예심을 거쳐 본심에 오른 작품은 초등부 18편, 중등부10편, 고등부 14편이었다. 예심을 거친 초등부 작품 가운데 〈멍멍 강아지풀〉, 〈비행기를 타면〉, 〈연필과 연필각기〉 세 편은 잘 생긴 동심의 얼굴을 보여주는 작품이라는 평가에 손색이 없다. 특히 〈멍멍 강아지풀〉은 발상 자체가 매우 독창성이 뛰어났고, 〈비행기를 타면〉과 〈연필 깍기〉는 순수한 동심이 그대로 잘 표출되어 있었다. 그리고 예심을 거친 중등부 작품 가운데 〈느린 미학〉은 자신의 체험적 소재를 진솔하게 형상화시킨 표현이 좋았다. 다만 부분적으로 다듬어지지 않은 점도 있었지만 중학생이기에 이를 순수함으로 받아들이기로 하였다.

특히 고등부 작품에서는 시작법의 틀이 보이는 작품이 있어 눈길을 끌었다. 〈토함산 아리랑〉은 제목과 시상의 전개가 기성 시인들이 보여주는 운문적 특성을 그대로 답습한 것 같아 조금 아쉬웠으나 이는 습작의 과정이라는 생각에서 격려하기로 하였다. 그리고 〈보리밭에는〉은 예리한 시적 관찰에 충실한 면과 내면세계를 들여다보는 직관이 시의 주제와 이미지를 명료하게 살려 낸 훌륭한 작품이었다. 다만, 부분적으로 산문적 진술로 인해 압축지향의 예술적 특성에서 조금 벗어난 점이 아쉬웠다.

지금까지 학생부 작품을 심사한 결과 편편마다 그 나름의 장점과 함께 맑고 생동감 있는 시들이 많아 미래세대의 우리 청소년들이 우리 문학을 더욱 풍요롭게 할 것이라는 확신 속에 심사평을 맺는다.

제2회 해동공자 최충문학상

구분	학생부			일반부	비고
	초등	중등	고등		
대상 (오산시장상)	1명(상금 30만원)			1명 (200만원)	
최우수상 (오산시의회상)	1명 (상금 10만원)	1명 (상금 10만원)	1명 (상금 10만원)	1명 (상금 50만원)	
우수상 (학생부:오산, 화성 교육지원청상 일반부: 지역국회 의원상)	2명 (각 상금 7만원)	2명 (상금 7만원)	2명 (각 상금 7만원)	1명 (상금 20만원)	
장려상 사)해동공자최충기념사업회 이사장상 사)한국문인협회 오산지부상	4명 (각 상금 5만원)	4명 (각 상금 5만원)	4명 (각 상금 5만원)	4명 (각 상금 10만원)	
수상인원	22명			7명	29명

장마

김향숙(서울 이문동)

국숫집 마당에 젖은 국수가락이
하얀 기저귀처럼 흔들린다

햇볕이 나면 보송보송 말려
시장 골목 구멍가게로 배달한다
국수 값 몇 푼으로 유지하는 가족의 생계
갑자기 쏟아지는 소나기에 국수가락이 젖는 날에는
아버지의 가슴에도 장대비가 내렸다
한숨으로 허기를 달래고
마르지 않는 궁핍으로 앞치마를 동여맸다

장마가 지면 근심도 길어져
밀가루를 온몸에 묻히고 국수를 뽑던 가장의 빈자리에
고단했던 시간이 방울방울 맺혀 있다
국수가 길어지던 날 빗물에 풀려 버린 끈
주인 없는 앞치마가
빈 벽에 걸려 비바람에 날리고 있다

하늘에서 가늘고 긴 소면이 내리는 날
물의 가락을 뒷산이 후루룩 말아먹는다
장마 때마다 국수를 드시는 아버지
산소 앞에 식구들을 불러놓고
잔치국수를 대접한다

국수 위로 쏟아지던 눈부신 햇살이
널린 국수 가락 사이를 비집고
숨바꼭질하던 아이들 웃음소리가
국물 위로 떠오르는 밤

눅눅한 국수가락이 기억 속에 출렁이고
퉁퉁 불은 빗소리가 뒤척이는 밤을 적신다.

머리 없는 불상(佛像)

강태승(서울 중구 다산로)

경주 남산에는 머리 없는 불상이 법을 설한다
천년을 살았기에 만년도 너끈히 살 수 있는
머리가 있어도 없어도 불(佛), 나비 날아들고
잠자리가 모가지에서 데굴데굴 굴리거나
살모사 날름거려도 자세를 고치지 않는다

참새 개구리 까마귀 앉아도 나무라지 않는
계절의 잎사귀가 쌓여도 뒤척이지 않는
머리를 누군가 치우고 허공을 얹어 놓았다
해와 달이 앉으면 환해지는 삼라만상
별이 뜨면 불상의 머리는 아침까지 반짝인다

불개미와 송충이가 발자국만 남기거나
이냇빛에 물들어도 내용이 변하지 않는다
지금은 가을이라 단풍(丹楓)이 불상의 머리
구름모니불 바람모니불 서릿발 솟은 목에
첫눈이 쌓이면 잠시 눈사람이 되는 불상,

머리가 없으니 분노 슬픔 우울 기쁨도 없겠다?
사대(四大)에서 버려져 산이 된 불두(佛頭)를
산영(山影) 홀로 간직하려 하지만 검어지는 능선
머리가 없어 솔방울과 도토리도 불상이 되는
멧돼지도 문득 머리가 되는 무두불이 지상에 있다.

숲의 기억법

김영욱(경기 남양주시 화도읍 비룡로)

밑동부터 꼬리치는 어린 은사시나무들의 몸부림
그 옛날 허공 속에서도 물고기가 살았으니
산산이 부서진 비늘들이 불러들이는 심해의 기억
푸른 지느러미를 퍼덕이며 물의 나이테를 맞추고 있다
하나의 덩어리는 언젠가 조각나기 마련이겠지만
수수께끼로 떠도는 빗소리들
얼핏 똑같은 무늬인 듯해도
가만가만 더듬어보면 뿌리가 같은 어종
수 억 마리 치어들의 울음을 삼킨 숲이
물컹, 비린내를 뱉어내는 장맛비 오는 밤
하나하나 속 깊고 어두운 토기들
야생의 습성대로 웅크리고 있다
끊어질 듯 이어지는 계절과 계절 사이에서
파도를 만드는 나무들
하늘 끝까지 자맥질하고 싶지만
가물가물 흔들리는 구름의 등을 밟고 있다
우듬지로 올라갈수록 그리워지는 흙 내음
이어 붙인 틈새로 새어 나오는 곤죽
어느 도공의 손아귀에서 다시 뭉쳐져
물빛 도자기의 형체를 서서히 드러내고 있다

새벽녘 물안개가 피어오르는 산은 거대한 가마
새들의 풀무질이 푸덕이는 아궁이에서
햇덩이가 발그레 달궈지면
은비늘 위로 소금 결정을 밀어 올리고
물구나무 자세로 침묵에 든 물고기 떼
그 옛날 바다 속에서도 꼿꼿하게 살았으니
여우비가 내리거나 폭우가 쏟아지는 날이면
은사시 은사시, 빗방울을 희뜩이며 칼춤을 춘다
도달하고픈 욕망의 높이만큼 바람을 가른다.

돌의 연대기

김순철(오산시 운암로)

너의 생이 잇새에서 부서진다
표류하는 입술의 표정이 찡그린 흔적을 뱉어낸다

세 치 혀로 골라낸 문장이 행간을 누르면
단단함의 미덕이 대신했던 깊음이 아프다
잊히는 것은 떠날 수밖에 없는 막다른 선택이었다
발자국이 바다로 길을 낼 때는 너를 절벽이라고 음각했다
그 흔적은 결코 지울 수 없는 그림자의 회랑이었다

누군가 얹어놓은 돌의 방향이 하늘과 땅을 가름할 때
접혔던 곤충의 날개 지하에서 퍼덕였다
바위에 엎드린 파충류의 어깨는 변신을 도모했다
삼엽충에서 시작된 화석의 족보는 석기시대에 이르러
두개골의 무게로는 견딜 수 없는 뼈의 밀도로 타제 되고
마제 되어 역사와 선사의 사이와 골을 메우는 연장이 되었다

부딪치는 부싯돌은 별을 잉태한 죄로 밤하늘 재가 되어 뿌려
졌다
빛은 엎드린 동굴에서 잠을 누설하다 갇혔고 부역 나가
이끼 낀 징검돌 건너다 미끄러진 석공은 정강이뼈를 다쳤다
오매불망 여인은 오지 않는 석공을 그리다 눈물로 젖은 섬돌
굳은 세월이 흘렀다 동굴은 더욱더 단단하게 종유석을 키운다

돌로 지은 왕궁 처마 밑 눈물로 뚫은 돌확에 꽃이 핀다
서민들 사는 동구 밖 선돌들이 쌓여 비는 하늘 향한 기도
바위산 비바람에 깎여 냇가 모래밭 아이들 조약돌 된다
모래가 바위 되고 돌산이 먼지 되기까지 비와 바람이
가슴에 눌러 쓴 돌의 연대기 고인돌이 누워있다.

햇살이 차가워질 때까지

하태희(안양시 만인로)

둥근 화분이 먼지 쌓인 골목길에 나와 있다 벽의 그림자 안에 갇혀 있는 화분을, 햇살이 썩고 있는 향기 사이로 파고든다 아우성치며 기웃거리는 빛의 무늬들, 흉터 같은 나뭇잎을 흔들어본다 신비로운 과거가 없는 창문을 넘나들었을 바람, 지루한 운명을 인정했는지 무기력하게 투명한 알몸으로 가만히 있는 화분을, 내장이 비어가서 점점 마르는 소리를 내는 화분의 밑바닥을 고양이가 지나간다

화분에 스민 상처가 정오의 허공을 날아다닌다 이웃집 아주머니 가출했다는 아들을 기다리는지 온종일 횡단보도 건너오고 있는 사람들을 보고 있다 골목길이 새파란 하늘을 더듬는다

화분에는 열매가 열렸다 떨어진 자국이 있다 토막 난 과거를 나르는 모래 사이로 가는 손가락들이 발밑을 더듬고 있을 때, 화분의 남은 잎사귀들이 쉬지 않고 운다 플라스틱처럼 반짝이는 가지를, 새들이 자세히 보기 위해 다가왔다 모른 척하고 지나갔다

나는 창문을 열었다가 새들이 고개를 갸우뚱거리며 지나는 걸 보고 있다 아주머니 목에 걸린 울음을 내뱉지 못하고 혼자 나와 햇살이 차가워질 때까지 햇살이 골목을 휘감고 있을 때, 내가 기다리던 소식 하나를 들었다 나를 피해 다니던 별이 극지에서 사라졌다는, 캄캄한 구멍 속으로 나를 밀어 넣고 나는 울었다 화분의 혈관은 검고 지붕 위를 기웃거리는 빛이 눈치 살피는 사이, 검은 날개를 흔들고 있는 화분, 바람이 분다 바람이 내 마음의 구멍을 들여다본다.

그녀의 몸속엔 바다가 산다

최성희(이천시 종신로)

그녀의 몸속엔 바다가 산다
오래전 난파선으로 수장된 이름 석 자 가슴에 품은
검은 바다가 산다

제 척추를 참나무 말뚝으로 박아 놓고
갈비뼈로 대나무 그물을 엮어
삶의 물고기를 낚는 그녀

어판장 한쪽 갓 잡아 싱싱한 오늘 하루의 생을
마수걸이로 흥정하고 있다

파도가 심한 날이면
그녀의 바다는 멀미를 한다

날것으로 삼킨 생이 체끼처럼 명치끝에 걸려 있던 날들
파도를 핑계 삼아 제 속을 다 쏟아낸 그녀가
마른 웃음을 웃는데

울렁이는 속을 한잔 소주로 달랜 바다는
어둠에 기대 잠이 든다

따뜻한 집들 유리창으로 저마다의 등댓불이 켜지고
비릿한 어판장을 빠져나온 바람은
좁은 저녁의 골목을 오른다

만선의 피로감으로 흘수선마저 출렁이는
그녀의 바다
쉼 없이 부서져 내리던 파도도
골목 끝 파란 대문 앞에 이르러 잠잠해지고

아이의 환한 웃음으로 불 밝힌 밥상머리
제 삶의 등댓불 흐려질까
가만 가만 불빛을 닦는다.

고깔제비꽃

김숙희(대구 수성구 국채보상로)

흥부전 같은
먼 먼 이야기 구절을 들추다 보면
남녘은 내게 처마 하나 제공해준다
내 지붕은 보라색
낡은 슬레이트 처마 밑은 왠지 빛이 바래
아파트 실외기는 주추를 틀기에는 너무 간당간당해
그렇다면 공중제비처럼 한 바퀴 돌아버릴 수도 있지
나는 봄 마당을 아우르는 봄의 전령사

황토 바람이 말을 몰아도
벌 나비의 군무가 구름 떼 같이 몰려와도
보랏빛 지붕 하나면 봄날을 쓸 수 있어

봄바람에 꽃잎들이 흩어지고
꽃샘바람이 게걸스레 탄주를 튕길 때쯤
들녘은 아픔이 흩날리지
아픔은 희망의 남쪽
따사로운 빛이 주추를 올리는 봄날
보랏빛 지붕 아래서
은밀한 침묵이 움트고 있어

처마가 자라도록
노란 부리의 언어가 생동하고 있어.

2019 제2회 최충문학상 일반부 심사평

심사위원장 문광영 (문학평론가)

먼저 제2회 '해동공자 최충문학상' 전국 공모전(대학·일반부)에 응모해주신 분들께 깊은 감사를 드린다. 예심을 거쳐 본심에 오른 작품들은 100여 편, 저마다 개성 넘치고, 수준 높은 작품을 선보여 흐뭇했다.

시란 모름지기 체험적 대상에 대한 정신(정서)의 옷을 입히는 일이다. 따라서 시의 맛과 문학성 획득은 보고 겪은 일에서 반응한 남다른 정신(정서)의 깊이를 발칙한 상상력으로 정치(精緻)하게 형상화하는 데 있다. 우주에 존재하는 것마다 생명적 의미와 이야기들의 아우라들로 넘친다. 그들은 나를 스님으로, 철학자로, 때로는 노숙자로 둔갑시킨다. 그래서 시인은 신비한 삼라만상을 오묘하고 유의미하게 연결해내고 재창조해낸다. 여기에서 시인의 촉수는 충만하고 날카롭다. 마치 대장장이가 칼을 벼르듯 물불을 오가며 광기의 언어로 휘둘러 갈무리하는 것과 같다.

최종심에서 숙고해서 고른 시편은 「장마」, 「머리 없는 불상」, 「숲의 기억법」이다. 시 「장마」는 쉽게 읽히면서도 행간에 깔린 시적 사유의 힘이 깊다. 장마철 국수집 마당에 걸린 국수가락에서 가난한 소시민의 애닯고 슬픈 삶의 음영이 짙게 묻어난다. 장마와 국수라는 사물의 인과적 현상을 유의미하게 연계시켜 한 가족의 일상을 촘촘하게 대입시킨 상상력과 이를 중층적 이미지로 풀어내는 솜씨가 영특하다. 시 「머리 없는 불상」은 머리가 없는 돌부처를 생명적 시선으로 다가가 파노라마처럼 시적 정감을 생동감 넘치게 풀어낸다. 눈과 비, 별빛과 햇살, 자연의 생명체들과 더불어 산다는 무두불(無頭佛), 모든 삼천대세계가 바로 부처라는 깊은 시심으로 재미있게 형상화되고 있다. 시 「숲의 기억법」은 숲에 대한 남다른 인상을 갖가지 비유를 살려 쓴 참신한 이미지가 돋보인다. 특히 숲을 그 옛적 바다의 물고기나 도공의 도자기, 가마 등으로 연상적으로 치환, 시공간을 넘나드는 텐션의 미학적 장치가 흥미롭다.

예부터 최충((崔沖) 선생은 시부(詩賦)와 사장(詞章)에 관심을 두고, 문하생들에게 문장공부를 많이 시켰다. 과거급제의 출세보다는 오로지 문행(文行)의 인격도야로 입신양명하게 했던 것, 바로 문행의 시적 삶이란 세계를 넓고 깊게 보고, 의미 있게 해석하는 힘에서 나오는 것이다.

빛바랜 자개장

이서영(안양예술고3)

할머니 산소 가는 길
곧게 뻗은 나무 사이에 붙박힌 자개장 하나
한쪽 다리를 잃은 채 기울어져 있다

죽은 나무의 옹이처럼
칠이 잔뜩 벗겨진 나무의 옆구리에는 어느새
붉은 개미 떼가 줄지어 드나들고
빛바랜 자개 사이사이로
흰 버섯 피어오른다

작년 겨울,
폭설과 함께 돌아가신 할머니
아직도 밤마다 경첩을 여닫으며
숨겨놓는 쌈짓돈을 헤아리신다

자개가 오래전 기억을 몰고 오기라도 한 듯
코끝을 간질이는 비린내와
할머니 품에서 나던
날카로운 나프탈렌 냄새

할머니 시집올 때 혼수로 들였다던
이제는 아무도 여닫을 수 없는 자개장

푸른 문 열면 그곳엔
커다란 봉분 하나가 있다
곧게 뻗은 소나무 드리운 할머니 무덤가에
꿩 한 마리, 날개를 펼치고 있다.

최충은 큰 그릇

김태린(오산시 운산초6)

최충은 큰 그릇
한가득 담아도
더 담을 수 있는
깊고 넓은 비취색 그릇

지식이 쌓이면 나누어 주고
돈이 생기면 학교를 짓고
나도 최충처럼 큰 그릇이 되어야지
아주 작은 지식이라도
함께 나누면서
조금씩 자라는 나무가 되어야지

최충은 큰 그릇
똑똑 두드리면
똑똑 소리 나는
맑고 투명한
지혜의 그릇.

구제학당의 신사

이 건(용인시 기흥초3)

구제학당을 세우니
땅속에 벌레들이 꼼틀꼼틀
제자들을 가르치니
책 속에 글자들이
초록 잎으로 변신하네

최충 선생님은 이 땅의 멋진 학자 신사
나는 우리 반에서 착한 신사
우리는 이름이 두 글자
반가워요 닮아서 기분 좋아요.

구재학당

최휘결(서울 신미림초)

꽉 꽉
가득가득 채운
천년 세월

최충 할아버지의 학문이
구재학당에서 빛났다

나는 잘 모르지만 이야기만 들어
많은 학생들이 공부하던 곳

그런데, 궁금하다
구재학당 학생들도
떡볶이를 좋아했을까

그런데, 아닌 것 같다
최충 할아버지한테
혼났을 것이다
공부 더 열심히 하라고

그래도 떡볶이
먹을 때가 나는 가장 좋은데

최충 할아버지도
구재학당 학생들도
한 번 맛보면 얼마나 좋아할까
매워도 먹고 또 먹고
좋아할 텐데

그러면 공부가 더 잘 되었을 텐데.

우리 할머니

김재이(Sinarmas World6)

내 마음을 아는지 모르는지
달은 하늘을 물들인 구름 사이로
수줍게 고개를 내밀며 웃어요.

내복도 막을 수 없는
이른 봄의 서늘한 밤바람
내 마음속에도 불지요.

호되게 맞아 새빨간
종아리, 서러움도 부풀어요.
할머니 방에 들어오는
소리에, 이불 밑에 숨어
쿨쿨 자는 척하지요.

빠알간 내 종아리 보며
깊이 한숨짓는 할머니
"하이고, 워쩌다가 이렇게 쎄게
때린 거여, 이 영감은!"

숨죽이고 듣다가
연고처럼 상처를 어루만지는
할머니 손을 슬쩍 잡아요.
그러면 시작되는 옛날이야기

"옛날 옛날 아주 꼬꼬지 옛날,
최충이라는 유학자가 있었디야.
그 아가 참말로 똑똑했었디야…"

집 나간 엄마처럼
빠진 앞니 사이로
새어 나오는 할머니 목소리
하얗게 튀는 침이 나에겐
눈부신 벚꽃입니다.

할머니는
나의
스승입니다.

공부하면 최충

김가람(전주 만성초6)

9재 학당
문을 열자마자
몰려드는 사람들
문만 열면
사람들이 몰려오는
최충의 학교.

오늘날의 사립학교를
처음으로 세운 최충
시를 좋아하고
학문을 좋아하고
인재 양성을 좋아한
해동공자 최충.

나라 위해 일한
40여 년도 충분히 힘들었는데
9재 학당에서 내 일처럼
열심히 교육에 매진한
진짜 교육자
진짜 공부꾼 최충.

구제학당 가는 길

김도원(오산시 세미초6)

햇빛이 나를 비추면
나와 같이 걸어주는
내 옆에 생기는 친구

네가 사라지기 전에
학당에 빨리 가자
최충 선생님 기다리신다.

바로, 최충

조희주(전주 문학초6)

지혜로운 사람
똑똑한 사람
따뜻한 사람
공부를 사랑하는 사람이
바로 최충이로다.

모든 것을 갖추었어도
자신을 내세우지 않는 사람
남을 빛내주는 일에
더 열심인 사람
생각만 하지 않고
행동으로 앞장서는 사람이
바로 최충이로다.

느티나무

서혁진(화성시 청림중2)

대나무처럼 지성이 자란다
비가 오면 대쪽처럼 자라고
눈이 와도 시들지 않는다
해동공자 최충은 집단지성을 원했을까
소나무처럼 푸르고
돌처럼 단단한 사람들
지금은 어디에 있을까
어디에서 무얼 하며 그 빛을
발하고 있을까
나도 나무처럼 자라고 싶다
누군가에게 버팀목이 될 만큼
아름드리 느티나무가 되고 싶다.

흘러가는 물, 흘러가는 사람

정혜교(인천 가현중3)

떨어질 듯
위태위태한 꽃잎

꽃잎이 모여야 '꽃'이 된다
그런데 꽃잎 하나가 계곡으로 떨어졌네
꽃잎 하나가 사라진 꽃은 완전한 꽃이 아닌가?

꽃잎들은 서로서로를 의지하며 매일을 버틴다
그렇게 매일을 버티니
꽃잎들이 한 '꽃'이 된 것이다

한 꽃잎을 잃은 꽃잎들은 슬퍼했지만,
각자의 자리에서 움직이지 않으며
다시 또 오늘을 보내고 있다

그 꽃잎들이 바로 '꽃'이다

한 집 아래에서 같이 산 가족
그런 내 가족 중
한 명, 그 한 명이 꼭 잡았던 손을 놓았다

슬프지만 매일 의지하고 버티기를 반복했다
“나에게는 가족이 있으니깐”

그리고 나는 오늘도 꽃과 함께 성장해간다.

길

이정윤(시흥시 함현중3)

길은 길을 위해
희생된다
새로운 길에
가려질 누군가의 길

그들의 침묵을
인정으로 받아들인다
겹쳐진 길에서
제외당한 동물들
자취를 지우고 자취를 새기려
계속 그려 나가는 길

끊긴 길은
생명마저 끊어감에도
인간의 무정함은 연장된다

현재를 위해
사라져야 할 과거의 길
길을 위해
길은 사라진다
모순이지만 당연한 희생
“우리의 길은 이어져야 하니까”

잡초

장지훈(인천 가현중3)

행복은 누군가 옆에
있어서만 생기는 건가

아픈 가족 옆에 있으면
많은 눈물을 흘리고
지난 일들을 되새겼다

잡초를 보고 꽃이라
부르면 꽃이 되는가
그저 잡초일 뿐이니

겨울의 추위는 마음의
아픔보다는 덜하니
아무렇지 않다

잡초는 도움 없이 무성하게 자랐지만
꽃을 피우기에는 내 노력이
필요하나 보다.

우리엄마

상휘석(화성시 반월중3)

엄마는 섬유근육통 환자
겉은 멀쩡하지만
늘 다리를 저는 소녀

친구들은 예쁜 얼굴을 둔 엄마가
부럽다 한다
하지만 막상 걷는 모습을 보면
내 눈치를 살핀다
나는 말한다
요즘에만 그렇다고
얼마 전까지는 다리를 안 저셨다고

엄마가 달린다
러닝머신 위에서 치타처럼 달린다
온몸에 근육이 불끈 솟아 있는데도
아무렇지도 않게 공중제비를 돈다

나는 꿈꾸는 아들
겉으로는 성질을 내지만
속으로는 늘 기도하는 소년
엄마의 근육이
예전처럼 부드러워지기를
나는 간절히 소망한다.

고운 모래의 숨결

황태희(전남 한재중3)

오늘도 거리에는 모래가 있다.
구름 한 점 안 보이는
뿌우연 모래바람의 그림자
그 아무리 센 기계라도
중국산 금속 먼지에겐
기가 죽어 작공불가.

그래서 오늘도
대형 마트는
황사 마스크 떡 하니 내 걸고
파격 세일을 하나 보다.

담양의 병풍산도
서울의 북악산도
녹색빛이 황색으로 물들고
울창한 숲의
야생동물마저 제 집에 꼭꼭 숨어 있다.

새싹이 돋아나는
신록의 계절 속
녹음이 무성한
집 앞 길거리에도
자동차 유리엔
고운 모래 가루가 기득.

지금도 사람들 주머니엔
십중말구 마스크가,
정육점 삼겹살은
날개 돋친 듯 팔려나가고
이비인후과엔 환자들이
바글바글거린다. 하지만

그래도, 그래도.......
벚꽃 떨어지는
화칭한 봄 날씨 마저는
제 아무리 덩치 큰 황사라도
막을 수는 없나 보다.

어느새,
그늘에 누워 하늘을 바라보며
잎새 사이로는
맑은 색 새털구름이
해맑게 미소 짓는다.

하늘을 향한 나무

김성률(서울 대치중3)

최충은 심었다.
작은 나무 여러 그루
조용히 책 읽고, 반복하며 공부하는
물주기를 쉬지 않고,
최충은 키워냈다.
작은 나무 성장하길

하루도 쉬지 않고,
굽어살핀 나무들이 하늘을 향해
팔 벌린다.
해를 향해 자라난다.

해에게 받은 사랑
최충은 잊지 않고,
나무들 키워 내어
해에게 보낸다.

나라를 지키는 해를 향한 최충 사랑
나무를 키우는 나라 향한 인재 사랑

반딧불

박인애(이천 효양고3)

형광(螢光)은 반딧불.
길게 늘어지는 빛의 꼬리
네모난 상자 사이로 바쁘게 움직이는
저 활자, 문장, 아버지. 흔들리는.

빛을 그을 새도 없이 이리저리 움직이며
"너희가 내 희망이다"라고,
흔들리는 행간(行間)과 자간(字間) 사이로
우리에게 밑줄을 그어주던 아버지.

아버지는 반딧불.
내 머리맡에 놓인 파란 지폐와 메모지.

주섬주섬 아버지가 남긴 빛을 주워,
책 아닌, 아버지 위로 밑줄을 그었다.
'뭐라도 먹고 다녀. 굶지 말고.'

빛과 땀방울이 함께 번져
길게 늘어지는 빛의 꼬리.

오늘도 반딧불은 어둠에 머리를 처박고
등 뒤를 환하게 비추며 비상한다.

씨앗

강영빈(경북 경산시 경산고2)

바람이 발목을 매만지자 사라지는 발목들
오늘 잠깐 버스정류장에 앉았다가
씨앗을 파는 할아버지를 봤다
파릇파릇한 씨앗은 심는 즉시 쑥쑥 자랄 거라고
전언하는 할아버지가 전봇대 옆에
자그맣게 움츠려있다
흙에 파묻힌 씨앗처럼 금방이라도 자라날 듯이
숨을 죽인다
그러나 누구도 씨앗을 키울 자신이 없었으므로
자신의 싹을 잘라버린다
가능성 없는 발목을 목격한 것처럼
가차 없이 잘려 나가는 발목들
할아버지는 허심탄회하게 웃으며
"그래도 씨앗에는 발목이 있다"우라며
소리치는데
멀쩡한 발목은 발목에 관심을 두지 않고
허공을 지탱하는 발목은
발목을 포기한 지 오래되었다
요즘 들어 씨앗이 안 팔리기 시작하자
장사꾼들이 씨앗의 발목을 모두 잘라서

잔물결 따라 흘러가면 되돌아올 수 없는 긴 강에 버린다
침몰하는 발목들을 바라보는
할아버지는 야윈 몸으로
씨앗을 꼬옥 안고 있다.

눈물편지

한진주(이천 이현고3)

머리맡에 놓여있는 휴지뭉텅이들
그 꼴이 꼭 향기 날아간 매화 같다

휴지에 쓴 어제의 눈물편지를 펴보려 하니
빳빳이 굳어버린 연골들이 움직이지 않는다

밤새 날 다독이던 부드러운 살갗의 촉감은 사라지고
내 눈앞엔 그저 뻣뻣한 자존심 뭉치

어제 내가 의지하던 그 대담함은 온데간데없고
그저 소박하고 둔탁한 형체

다시 물이 닿으면 그 살결 되살아날까
어제와 재회하는 길은 이길 뿐인가

어쩌면 밤에만 열어볼 수 있는 비밀편지
내일의 나에게 보내는 편지글은 매번 발송되지만
다음날의 난 읽을 수 없는 편지 한 통을 받는다

아쉬운 맘 밤하늘의 별빛을 점자로 읽어 다독이고 만다.

목련

김소은(충남 삼성고2)

겨우내 웅크려있던 얼음들이
발밑 깊은 곳 꿈틀거림에 녹아내리면
그 시린 겨울을 빨아들이고 꽃이 핀다

새하얀 겨울을 머금은 꽃은
겨울 끝자락의 손톱이 할퀴어도
묵묵히 봄이 오시는 길을 튼다

계절을 건너온 봄이 비추는 자리엔
이른 낙엽 사랑에 불살라진 한 줌 재일까
그저 기쁨에 가득 찬 목련

그대는 봄인가

그대를 기다린 나의 계절은
대지 깊은 곳 움튼 목련
겨울의 끝 봄의 시작 그 사이에서
어느 따스한 날 날아오른 목련이었다.

현재의 근원

강지혜(인천 가현고)

벽돌 하나에
시멘트 한 숟갈
벽돌 하나에
시멘트 한 숟갈

무너진 담을
다시 쌓아가는
그들의 노력이
이어진다

몇십 년간 무너진 담 속으로
뱀, 거미, 살쾡이
할 것 없이
온갖 짐승들이
이 집을 제집 마냥
누빈 만큼

무너진 담 안의
사정은 눈을 감으면
감은 만큼 더 잘 보였다

벽돌 하나에
시멘트 한 숟갈
벽돌 하나에
시멘트 한 숟갈

무너진 담을
조심스레 쌓아가던
그들은 담이 모두
쌓아졌을 때
자신만 한 자식들을
따뜻하게 바라보며
하나둘 역사 속으로
역사 속으로 새겨졌다

그들의 아름다운
손길이 묻어난
단단한 담 주위론
아름다운 무궁화가
피어올랐고

밤낮 할 것 없이
심장을 울리는 애국가가
담 안의
집에서 새어 나왔다

벽돌 하나에
시멘트 한 숟갈
벽돌 하나에
시멘트 한 숟갈

담에 나는 상처는
우리가 역사를 잊을 때
나는 상처

담 속 흠이 생기면
그땐 누가
그 흠을 메꿔주리.

몽상화

우경훈(충남 삼성고2)

작은 연습장을 꺼내 널 그린다
흰 종이를 오가는 손짓에
너는 환상 속 실재가 된다
더하고 더하고
칠하고 칠하면
너는 마치 내게
성큼 다가온 것만 같다
꽃 피우고 줄기를 내린다
그림자가 드리우면
나비가 날갯짓한다

더하고 더하고
칠하고 칠하니
욕심부리다
너는 까맣게 형체를 잃었구나
성급히 지우개를 들어보지만
지우면 다 망쳐 버릴까 봐
걷잡을 수 없게 될까 봐
뱀처럼 주위를 맴돈다
지운 다음에 흔적을 남길까

다시 그리는 법을 잊었을까

그저 그대로 놔두고
다음 장을 펼친다
다시금 마주한 흰 종이
막막한 심정에 쫓기다
조급한 시간에 도망치다
남이 그린 그림을 베낀다
더하고 더하고
칠하고 칠하다
뒷장에 비치는 네가 보여
자꾸 미완성된 네가 밟혀

또 다시 돌아간 자리
연필이 이리저리 번졌어도
시간이 지나 변색하였어도
그래도, 아름다운 너를
한 번 더 그려본다

가둬진 감정

권여정 (경북 구미여고3)

차곡차곡 정리하여
한쪽 구석에 두었다.
나도 모르게 자꾸만 나와서
박스에 담았다.

박스의 개수가 늘어나
한쪽 구석에 쌓아두었다.
박스가 자꾸 열려서
방 안에 넣고는 문을 닫았다.

방 하나가 금새 차고
몇 번째일지 모르는 방을 오늘도 채웠다.
방문이 열릴까 두려워
자물쇠로 문을 잠궜다.

수많은 나의 감정들을
구석에 넣고
박스에 넣고
방안에 가두었다.

당장이라도 터질듯한 감정들을
나는 늘 그렇듯이 오늘도
외면하고 또 외면한다.

2019 제2회 최충문학상 학생부 심사평

심사위원 박효찬(시인)

2회째로 접어든 최충 문학상 공모가 올해는 더욱더 풍성하였다. 외국에서 공부하고 있는 학생이 응모 요청을 하거나 한 학급 전체가 응모하는 등 전국에서 몰려든 원고가 높이 쌓여 최충 선생의 위상을 엿볼 수 있는 듯 하여 무척 기뻤다. 청소년들의 일상을 그들 나름대로 전개하고 일상의 체험을 자신들의 삶의 지표로 삼아 주도적으로 미래지향적인 시간을 보내며 오늘의 노력을 헛되이 하지 않으려는 그들이 삶이 훌륭하다고 칭찬해주고 싶다. 이 봄에 맞이하는 희망의 바람이었다.

올해의 초등부 동시는 주제가 최충 선생이었다. 그래서인지 전체적으로 시적 내용보다는 사실적 묘사가 주를 이뤄 진부하기도 하였으나 다양하고 참신한 표현으로 미소 짓게 하는 작품을 통해 우리 아이들의 면모를 본 듯하다. 우리 아이들의 다양한 생각이 창작적이며 건강하다는 걸 느꼈다.

중학생 원고에서는 추상적이고 관념적인 시가 많아 아쉬웠다.

좋은 시란 감동을 울리는 것은 물론이며 한 편의 드라마를 본 듯 이미지가 살아 숨 쉬는 작품이다. 자기 생각과 보여주고자 하는 뜻을 시적 심상으로 잘 표현 해주어야 하는 시라야 우리가 더운 날 냉수 한 컵을 들이킨 것처럼 속이 후련해진다.

본선을 걸쳐 올라온 초등부 작품 중 [큰 그릇], [구제학당의 신사], [구제학당]을 두고 최종심사에 고심했다. [큰 그릇]은 최충 선생을 큰 그릇으로 의인화하여 자신의 각오를 시적 심상으로 잘 표현 해주었다. 앞으로 좋은 글을 쓸 토지를 발견할 수 있었고 참신하였다. [구제학당의 신사]는 3학년 어린아이의 시적 심성이 1연에 잘 나타나 있지만, 전체적인 구성면에서 아쉬움이 남았다. [구제학당]은 순수한 동심의 세계가 예쁜 작품이다. 내가 좋아하는 떡볶이를 최충 선생님도 좋아했을까? 라는 의문을 던져보는 창작성이 훌륭하였다.

중등부에서는 최종심사까지 오른 작품은 [느티나무], [흘러가는 물, 흘러가는 사람], [길]이다. 모두 관념적인 시였다. 그중에서도 돋보이는 작품은 [느티나무], [흘러가는 물, 흘러가는 사람]이다.

[흘러가는 물, 흘러가는 사람]은 꽃을 주제로 가족에 대한 믿음과 사랑으로 버티고 사회에 나가 씩씩하게 그 힘으로 버티고 살아갈 수 있다는 포부를 그려내어 좋았다. 다만 아직은 다듬어지지 않은 부분과 관념적인 시상으로 아쉬움이 많았다.

[느티나무] 역시 관념시이다. 하지만 느티나무에서 최충 선생의 지성의 그늘을 접목해냈으며 미래의 느티나무와 같이, 최충 선생과 같은 큰 나무가 되겠다는 포부가 확실하게 그려지는 잘 가꾸어진 글이다. 중학생의 앞으로 나는 어떤 사람, 또는 어

떻게 살아갈 것인가에 대한 각오를 마음에 심는다는 건 아름다운 사회와 사회문화적 진보를 향한 우리의 희망이고 바람이다.

고등부에서는 초등부, 중등부와 다르게 틀이 잡힌 시적 형상을 잘 그려냈으며 운문적 특성을 살린 참신한 시작으로 표현하는 글이 많았다.

최종 심사에 오른 작품은 [빛바랜 자개장], [반딧불], [씨앗], [눈물 편지]이었다. 기성 시인들 못지않은 모두 훌륭한 시적 영감과 생생하게 살아 꿈틀거리는 이미지를 심상으로 잘 그려낸 시들이다. [빛바랜 자개장]은 돌아가신 할머니에 대한 그리움을 예리한 시적 관찰에 의한 심상으로 주제와 이미지를 잘 그려냈으며 내면에 충실한 훌륭한 작품이다.

[반딧불] 역시 형광펜을 아버지로 형상화하여 반딧불로 승화시킨 잘 짜인 옷감을 보는 듯하다. 오늘 힘들고 외로운 하루의 일과로 내일은 좋은 대학을 가고 훌륭한 사회인의 될 수 있다는 희망의 메시지 또한 또렷하게 잘 그려내어 참신하였다.

[씨앗], [눈물 편지]는 이미지 형상을 그려내는 데는 훌륭한 작품들이다. 그러나 부족한 것이 있다면 아직 전체적인 흐름, 산문적 진술로 인하여 압축미의 시 쓰기의 특성을 잘 살려내지 못했다는 점이 아주 아쉬웠다. 고등부에서는 이외에도 좋은 작품들이 많았다. 기성 시인들과 겨루어도 손색없는 작품이어서 이번 학생부의 심사를 하면서 우리 미래의 문학이 밝고 희망적이라고 단정 지었다.

제3회 해동공자 최충문학상

구분	학생부			일반부	비고
	초등	중등	고등		
대상 (오산시장상)	1명(상금 30만원)			1명 (200만원)	
최우수상 (오산시의회상)	1명 (상금 10만원)	1명 (상금 10만원)	1명 (상금 10만원)	1명 (상금 50만원)	
우수상 (학생부:오산예총상, 오산문화원장상 일반부: 지역국회 의원상)	2명 (각 상금 7만원)	1명 (상금 7만원)	2명 (각 상금 7만원)	1명 (상금 20만원)	
장려상 사)해동공자최충기념사업회 이사장상 사)한국문인협회 오산지부상	3명 (각 상금 5만원)	0명	4명 (각 상금 5만원)	4명 (각 상금 10만원)	
수상인원	16명			7명	23명

물의 잠을 묶다

이정희(광명시 소화로)

하구(河口)의 갈대밭에
쌀쌀해진 물의 겹겹들이 든다
물은 밀리고 밀려와서
아래로만 흐르는 존재들 같지만
스스로 잠을 청하러 갈대밭에 들기도 한다
자박자박은 스스로 드는 물소리고
두덕두덕은 갈대밭이
물 갈피를 여며가는 소리다
좀체 바닥을 드러내지 않는 수심은
뿌리들의 집이어서
한 움큼 모아져야 가뭇가뭇 흔들리는데
둑과 둑 사이 넘나드는 물소리를 들치면
구부정한 허리가 보인다
한 걸음 한 걸음 시침하듯
땅을 꿰어 놓은 들녘
여름 내내 물을 빨아들였음에도
엮으면 바짝 마른 것들이 되는 갈대
아버지는 만평 물의 잠을 돌보고
속이 비어 가벼운 것들로
줄줄이 남매를 엮었다

휘어지고 늘어지며
유유히 마른 꽃 피우는 것들
햇빛과 달빛이 한 대궁에서 마른
그 한 묶음을 추스르는 아버지
물은 오래 잠들어 있으면
버석거리는 소리를 낸다고
쏟아질 것 같은 물의 귓속말을
단단히 묶는다.

거미인간

이용호(서울시 노원구 중계1동)

아파트 벽에 매달려 있는 거미에게
햇살은 검객처럼 달려든다
폭염의 빛들이 지상으로 열기를 뿜어대는 초복의 오후
로프 하나에 전부를 건 채
거룩한 생계의 빛으로 벽면에 분사기를 쏘아댄다
오늘도 무사히
작업반장의 구호가 옥상에 울려 퍼질 때마다
침묵으로 일관하던 페인트 통들이 햇살에 떨기 시작했다
세상의 끝에 가 본 일이 있을까
매일이 끝이고 매 순간이 시작인 곳
로프를 매고 아파트 옥상으로 출근을 하면
벽은 또 다른 세상의 시작
내가 가 닿을 수 없는 막다른 세계 같았다
날줄과 씨줄로 하루를 엮으며
모자 위에 꾹 눌러 쓴 두건으론
땀방울이 성수(聖水)처럼 쏟아져 내린다
한 층 한 층 벽을 타고 내려올 때마다
화려하게 새겨지는 아파트의 벽면들
이웃의 경계를 하나하나 지워나가듯
아슬한 한 채의 집들을 벽마다 새겨 주었다

지상에 오롯이 새겨진 꿈 한 다발 속에서
서둘러 아침밥을 먹고 나선 길
로프에 마지막 생을 거는 것처럼
매일이 끝은 아닐까 행여 의심하던 순간도 있었다
나날이 굵어지는 큰놈의 팔뚝과
퇴근 때 바라본 창문의 빛들
마지막이라고 생각하고 던진 로프는
언제나 서곡을 연주해 주었다
그래, 이제 또 시작이다

거미 한 마리 아파트 벽에 붙어 있다
말복의 열기가 온몸을 감싸도
그는 여전히 거미줄을 내뿜고 있다.

진도 벌포마을

김회권(전남 무안군 문안읍)

함박눈이 송이송이 나리는 밤
벌포마을 사내 대여섯
노루 꽁지만 한 하루해 싹둑 잘라먹은 선창가
폐선처럼 누운 선술집 뻘건 갈탄 난로에 둘러앉아
시린 해풍에 저린 몸을 미역처럼 말린다

이따금 토해지는 굽갈래 기침 소리
갈탄 난로 위 여린 꼬막들은
해소기 같은 허연 거품을 내뿜고
먼 바다 거센 파도 수만 번 접었다 폈을
늙은 사내는 구릿빛 마디 굵은 손
뚝뚝 꺾으며
누런 양푼에 찬 소주를 친다

바다의 삶이란 때론
만선의 깃발마냥 펄럭이던 것인가
맞바람에 시린 냉가슴 쓸어내는 일인가
때 아닌 난파에 찢긴 걸그물 같아
순항치 못한 빛바랜 날들을 호명하며
짠기 밴 시린 눈을 연신 껌벅인다

막배 끊긴 선창가
눈은 허풍쟁이처럼 푹푹 나리고
몇은 더 이상 비울 것 없는 가슴에
찬 술을 붓고, 또 몇은
오래전 목젖 깊숙이 삼켜버린
질기디질긴 뿌연 침묵을
밤새도록 찌개처럼 끓인다.

관

최교빈(광주광역시 북구)

관 짜는 사람은 잘 때도 가지런한 자세로 눕는다

구들목 넓은데도 양손 다소곳이 단전에 모은 채
자신만의 공간을 점유하는 중이다
내일 짜야 할 새로운
관의 모양을 가늠하는 중이다

그에게는 평범한 사람들에게 보이지 않는 범위가 있다
모양은 망자의 테두리일 수 있고
습관적으로 몸통을 늘렸다가 줄이는 기괴한 애장터일 수도
있다
그건 일종의 직업병 같은 것

야간 잔업을 마친 날에 주로 꿈자리가 사납다
관을 짜지 않는 시간임에도
망치로 못 박는 소리, 곡소리, 상엿소리, 풍경 소리, 관이 와르
르 무너지는 소리, 관 안에서 사람이 통곡하는 소리, 이승 저승
극락왕생 모든 소리가
전부 귀엣말로 들려온다
그런 날, 관 짜는 사람은 주로

직업을 바꾸고 싶은 충동에 휩싸인다

방 안 온통 편백 향이 그윽하다
관 짜고 남은 장작들이 온몸으로 부대끼는 중이다
잿더미가 된 잉걸불에서
관 주인의 이목구비를 목도한다
관 짜는 사람에게 종교는 없지만
그 시간만큼은
야훼 마리아 부따 야차 서낭신의 이름을 염치없이 부른다
그건 관 짜는 사람이 터득한 치유법 같은 것이다

관 짜고 남은 나무 중에 아직 상태가 양호한 것들은
새 둥지, 흔들의자, 마당 개집, 오두막 보수 작업에 쓰인다
남은 이들의 생에 관여하지 않는 게 없다,
그러니까, 진정 관과 무관한 사람도 없다

이 고을부터 남한 북한 반도 극동아시아 유라시아 아메리카
온 우주에 안 쓰이는 곳이 없다 그래서 이따금 관 짜는 사람을
신이라 부르는 노인들도 있는 것이다

관을 짤 때는 나무의 곡률이나 변칙적인 계절을 생각해선
안 된다
관은 하나의 집이다
일평생을 쪽방촌에 살던 사람들도 관 안에서는
저마다 휘황찬란한 도시나 귀농을 꿈꾼다,
아늑한 신혼집이 되었다가 불현듯 마당 있는 집이 되기도 하는
관이다, 그러니까 이쯤 되면 관은
그저 관이 아닌 것이다

관 짜는 사람은 경력과 무관하게 자주 불면의 밤을 맞는다
별이 너무 많아서 관 위로 쏟아질 때, 어둠이 너무 짙어 관의
색이 검게 물들면, 남들 보기에 관은 그저 관일 뿐인데, 막대한
임무를 맡은 건축자가 된 기분으로 관 짜는 사람은 심지어
관을 짜면서도 근심에 휩싸일 수도 있다

관 짜는 사람이 가지런한 자세로 눕는다
아직 짜야 할 관이 너무 많아
철야 작업으로 긴 밤 지새운 날

그에게 세상 만물이 관으로 느껴질 것이다.

비질

박종익(고양시 덕양구)

노인의 왼팔은 몽당연필입니다
속심까지 바닥을 보입니다
멀리 쪽방들이 옆구리를 맞대고 있는 사이로
딸랑 손수레 하나
꼼지락꼼지락 털게처럼 세상에 대고
누런 먼지를 피워 올리고 있습니다
누구를 위해 사용했는지
왼팔이 없어 슬퍼 보이는 그에게
불온함과 초조함이 가득한 그 길에서
투구게 갑옷같이 한없이 딱딱해져
꼼짝없이 화석이 되어 갑니다
그가 웃습니다
짧은 자라목을 보고 비웃습니다
이 몹쓸 이기적인 안도감을 향해
오른손마저 흔듭니다
보이는 건 온통 편린뿐
좁은 미간 사이로
위태로이 줄지어 서 있는 불길한 표지판
오 갈 데 없는 막다른 골목에서
마른 잎사귀들이 노인의 빗자루 위로 떨어집니다

노인은 길에게 오른팔을 마저 내주고
몸은 다시 강물 위로 떠돌고
멀어질수록 희미하게 들려오는 검은머리물떼새 울음
강은 노인을 부르고 그는 팔을 흔들고
더는 참을 수 없는 골목 너머로
괜한 쓰레기를 만들어내고 담아내며
세상에 대고 마른 비질을 하고 있습니다.

고래는 달빛으로 눕는다

김인달(제천시 봉양읍 용두대로)

바다는 고래가 뿜어낸 숨결이다
진한 응집력을 가진 물을 자유로이 갈 수 있는 것도
어쩌면 내 안에 응집된 자신감 때문이리라
파도에 쓸려 부서지는 나루를 품 안에 담아
단지 몇 개의 날개만으로도 심해의 두려움이 지배되니
햇살 좋은 넓은 터에 집 짓고 자식 낳아 살면서
등 굽은 소나무 같은 우직함도 가끔은
참고가 되어 주는 그런 생을 살아 보리라
그렇게 힘찬 몸짓은 거대한 보랏빛 물줄기가 되어
척박한 인생살이 한 토막 그늘이 되고자
아물 날 없는 꼬리에 난 상처는
그 옛날 내 어미도 절룩거렸을 당부의 유물이었음으로
잘려 나간 내 하나의 분신이 분명 어딘가에 살아
파도가 되고 섬이 되어 가고 있을,
아니면 넉살 좋은 친구의 날개가 되어 있을 수도 있을
그 길을 따라
살아 있음으로 인해 할 수밖에 없는 직진 본능 때문에
수정 없이 좌표대로 노를 저어 온 혹등고래의 눈물
갈라진 살갗이 짠물에 씻겨 나가는 고통으로 찾은
나루엔

실체도 없는 빈 하늘만 누워 있는 절해의 고도만 남았으니
모래알 씹는 심정으로 퍼내는 바닷물에 베인 듯
마디마디가 떨어져 나간다

몇 조각 되지 않는 뼈마디가 뿌려질 산하를 두르며
검은 밤을 건너가는 고래 한 마리

고희(古稀)를 바라보는 바다에 달빛으로 눕는다.

소금의 기억법

심은정(성남시 분당구)

곰소에서 택배가 도착했다

자루 안에서 반짝이는 날카로운 흰 빛을 풀어보니
소금밭에 창궐하던 태양의 산산조각이다
부록으로 함께 온 퉁퉁마디 한 봉지를 골라내고
마른 눈물을 개간하는 염부의 손인 양
고무래로 대파질 하듯 알알이 쓸어주었다

어린 소금이 햇빛에 영글어 꽃피울 때
어머니는 퉁퉁 불은 젖을 물린 채
천일염 휘휘 뿌려 젓갈을 담그셨지
나는 곰삭은 젖내음이 좋았다
세월이 가며 어머니는 새우를 닮아갔는데
등 굽은 새우를 손질하며
혹 어머니의 등도 세울 수 있을지 궁금했다

잘 절인 오이처럼 주름진 손등,
얼마큼 더 소금을 뿌려야
그녀의 발효는 더디어질 것인가
조리법에 쓰인 대로 적당량의 소금을 넣어주었지만

어머니의 기억은 끝내 흐물흐물해졌다

작년 가을 염장해서 항아리에 넣은 청어와
십 수 년 전 묻어드린 아버지를 꺼내오라 하시더니

꺼이꺼이 녹슨 수차소리를 돌리셨다
아아, 일평생 뙤약볕을 받다 말라버린
당신을 들쳐 업고 당도한 소금 더께 위
순백의 병상 시트에 누이고 나서

나는 가까스로 일어나 짜디짠 눈물을 닦았다.

2020 제3회 최충문학상 일반부 심사평

심사위원장 문광영(문학평론가)

제3회 '해동공자 최충문학상' 전국 공모전(대학·일반부)에 응모해주신 분들께 깊은 감사를 드린다. 예심을 거쳐 본심에 오른 작품들은 110여 편, 지난 2회 때보다 우열을 가릴 수 없을 정도로 수준 높은 작품들이 들어와 흐뭇했다.

시는 자기 체험의 '視', '觀'에서 출발한다. 그래서 시안(詩眼)이 중요하다. 시적 대상을 촘촘히, 섬세하게, 관계를 지어 의미 있게 몰입해 가면 불가시, 불가청적인 세계가 들어오고, 그 대상은 이전과 다르게 숨은 존재의 생소한 비밀을 가져다준다. 가령 '바람'이라는 대상은 눈에 감지되지 않지만, 시인에게는 색깔이 보이고, 바람의 생각, 바람의 심리, 바람의 의지를 읽어낼 수 있다. 또한 시인의 발칙한 상상력의 시안의 여부에 따라 가마솥의 '밥알'이 별이 될 수 있고, 섬 흙덩이를 둘러싸고 있는 '바닷물'은 울타리가 될 수 있는 것이다. 기존의 익숙함이 생소해지는 순간의 번득임, 이 낯섦 앞에서 시적 희열과 철학적 경이가 피어나고 이렇게 해서 나와 대상은 새로운 관계를 형성하고 정련된 시 미학이 탄생한다.

최종심에서 네 명의 심사위원이 숙고해서 고른 대상작, 시 「물의 잠을 묶다」는 하구(河口)의 갈대밭에 스며드는 바닷물을 보는 상상적 시안이 날카롭고 생명적 사유가 깊다. 특히 후반부에서 물을 받아들이는 갈대의 생명적 질서를 부성애(父性愛)로 치환하여 이끌어간 결구 처리가 퍽 따스하다. 다만 빈번한 의성어 사용이 문제인데, 비유로 처리하는 것이 훨씬 좋을 것이다. 최우수작 시 「거미 인간」은 고층 건물에서 로프를 타고 작업하는 페인트공의 일상을 의미있게 촘촘히 그려냈다. 수직의 벽에 붙어 '거미줄'을 내뿜으며 펼쳐가는 고공 작업의 행간에서 우리 일상의 치열한 보편적 삶을 일깨우게 한다. 우수작인 「진도 벌포마을」은 선창가 풍경을 정겹고 생동감 있게 그린 묘사시이다. "시린 해풍에 저린 몸을 말린다", "눈은 허풍쟁이처럼 푹푹 나리고" 등 행간에서 비유적 이미지는 돋보이나 좀 산만한 느낌이 든다. 장려상인 「관」은 소재가 특이하고, 관을 짜는 목수의 내면 풍경을 정치하게 그려내고 있으나, 초점을 살려내는 압축미가 아쉬웠다. 「고래는 달빛으로 눕는다」는 착상은 좋으나 의미부여의 구체성이 아쉬웠다. 「비질」도 소재의 참신성은 있으나, 후반부의 시적 운행에서 중심 이미지에 따른 사유의 결구처리가 미흡했다.

시 작업이란 소재에 대한 남다른 정신의 옷을 입히는 일이다. 바로 최충((崔沖) 선생께서 강조한 문행(文行)의 시적 삶이란 세계를 넓고 깊게 보고, 의미 있게 해석하는 힘에서 나오는 것. 해서 발칙한 상상력과 정치한 사유의 깊이가 씨줄과 날줄로 행간에 새끼줄처럼 엮어져야 할 것이다.

어느 신도의 발뒤꿈치

김예린(부산 용수중 3)

여기에 발뒤꿈치가 있다.
지독한 노고를 겪으며 단단해진 발뒤꿈치가.

나이테라기엔 너무 많이 겹친 굳은살과 각질 위로 하얀 천이 덮인다. 스물둘, 스물셋. 한 겹씩 뜯어내면서 세다 보면 그 발뒤꿈치의 외핵이 벌겋게 보이다가 마그마 같이 끓는 피가 기어 올라온다. 살아온 인생 팔십 년가량 햇빛에 낯을 가려 허여멀건한 살덩이로 자리 잡은 발바닥, 끝방에 세 들어 살던 그 단단한 발뒤꿈치.

발뒤꿈치는 그녀의 아들을 본다. 열심히 움직여서 길러낸 그녀의 딸을 본다. 귀여운 손녀를 쓰다듬어 주고 싶지만 손이 응답하지 않아 그만둔다. 녹슨 손톱깎이가 그랬던 것처럼 단숨에 나이테를, 굳은살을 물어뜯어 버리면 나이도 부욱 뜯어질는지. 약해진 살이 짓눌려서 그릇 하나도 못 나르게 되면 어린아이로 회귀할 수 있을는지.

발뒤꿈치는 바싹 말라서 더 이상 눈물을 내지 않는다.

그녀의 딸이 우는 소리를 느끼던 발뒤꿈치는 자신이 자신을 보고 있음을 인식하게 된다. 이제는 저 아이를 버릴 때가 됐다. 저 아이에게 신이 아닌 가장이라는 자리를 내려줄 때가 됐다. 발뒤꿈치는 그녀 안의 유일무이하던 종교에서 풀려나 무한하고 영원한 무의 세계로 도약한다. 단단한 발뒤꿈치를 내디디며 크게 한 발짝 도약한다.

여기에 내가 있다.
한때의 고된 신앙을 마침내 떠난 내가 누워있다.

최충 할아버지

최문결 (서울 신미림초1)

최충 할아버지
동상을 보았다

책을 들고
계셨다

바람이 세게 불었다

할아버지가 든 책은
책장이 날아가지 않았다

할아버지가 바람보다
힘이 세다
할아버지가 훌륭한
학자니까
힘이 센 것이다.

진짜 선생님

김사랑(춘천 성림초2)

강원도 홍천군 서면에 있는
노동서원에 갔다가
최충 선생님을 만났어요

<강원도 지방문화재 510호……>
공부를 잘 가르쳤고요
그리고 엄청 많이 적혀 있는 걸 보니
진짜로 훌륭한 선생님이셨나 봐요

"선생님, 우리 반 담임해주세요?"
"……"
"!!!"

참 이상한 선비

유가헌 (분당 당촌초5)

거란족은 물렀거라!
날이 갈수록 평화롭고 행복해지는 고려.
이때야 말로 유학자가 필요할 때.
내 그대를 문하시중에 임명하노라.

법률은 형벌의 판례요.
꼼꼼한 최충의 검토.
세심하게 고쳐지는 법규.
점점 더 바로 서는 고려.

저는 이제 벼슬에서 물러나겠사옵니다.
아니! 왜?
저는 사실 학교를 세우고 싶습니다.
관직이 싫다하는 이상한 선비.

법률을 고치고 형벌을 바로 잡고는
이제 유학자들을 바로 잡으려 하는구나.
문종 임금님도 포기했다네.
참 이상한 선비의 굳센 고집.

작은 사랑방의 문이 열렸네.
아홉 개의 서재가 학교가 되었네.
여름엔 귀법사의 승방도 열린다네.
학생들이 가고 싶어 줄을 서는 이상한 학교.

벼슬이 싫다하던 이상한 선비.
이상한 고집이 세운 이상하게 인기 있는 학교.
개경의 열두 곳에 세워진 사학십이도.
이상한 선비는 첫 사립학교의 교장 선생님.

최충의 공부

이루리(인천시 가현초2)

최충선생님이
제자를 가르치니
초록초록 밭에서 새싹들이
쏙쏙 피어나요

꿈틀꿈틀 지렁이도
제자들처럼
최충선생님이랑
공부하고

밭에서는 많은
새싹들이 최충선생님을
보고
방글방글 활짝 웃어요.

최충 선생님께 가면

김영도(인천시 가현초5)

최충 선생님께 가면
어깨가 으쓱으쓱!

양초에는 불이
화륵화륵
양초를 꿀꺽 삼키다가
검정선을 먹으면
치~익 꺼진다

다 쓴 제자는
예!
환호성을 지르고
다 쓰지 못한 제자는
하~
한숨을 내쉰다

하지만
최충 선생님께 가면
모두 합격!

나도 그 길을 걷고 싶다

김아영(오산시 운산초4)

최충은 왜 학교를 세운 걸까
학교는 재미있지만
세상에서 제일 피곤한 곳
그런데 왜 최충은 학교를 세운 걸까

무언가를 배우면
그다음에 또 배울 게 생긴다
끝났다 싶으면
또 지식의 문이 열린다
기쁨은 나눌수록 행복하지만
공부는 그래서 나눌수록 어렵다
그런데 왜 최충은 학교를 세운 걸까
쉬운 길을 냅두고
왜 어려운 길을 걷는 걸까

나는 판사가 되고 싶다
하지만 은퇴 하면
학교를 세우고 싶다
그럴 수만 있다면
나한테 그럴 자격이 있다면

나도 최충처럼
어려운 길을 골라서
뚜벅뚜벅 그 좁은 길을
굳세게 걷고 싶다

창문을 걷으면 나는 건조해진다

오아란(화성시 헌산중3)

커튼을 걷으면 비탈진 산마루가 보인다
나무들은 구부정하게 허리를 굽히고 저마다 산을 오르는데
나는 그의 뒤태를 보며 멍하니 그를 응시하고 있는 것이다
정말로 뚫어지게 보고 있으면 움직일 수 있음에도 움직이지
않는
숨죽인 나무들을 볼 수 있다
정말이다 나무들은 움직일 수 있으나 커튼을 걷는 순간 일제히
움직인 만큼 그대로 버선발을 한 채 멈춰 있다
나는 산을 보면서도 숲을 보는 거 같지 않다
나무는 어깨동무를 한 채 이미 숨을 거두었다
움직이는 것을 보여주지 않는 나무들, 바람 한 점 없이
사진처럼 저장되고만 벗은 나무들
겨울이 지나고 한참 봄이 되어도
나는 이 사진을 다음 겨울이 올 때까지도 지울 수 없을 거
같다
나도 그렇게 비탈진 산마루처럼 무의미하게 건조될 거 같다.

안중근의 수인

박예원(고양시 지도중3)

새하얀 종이 위에 굳건히 새겨진
검고 커다란 왼손

누구도 선불리 가지 못했던 길을
묵묵히 걸어가던 발자취가 담겨,
어지럽게 얽히고설킨 하얀 길이 검은 잉크 사이를 뚫고
지나간다

그 얼마나 험하고 고통스러운 길이었을까.
손바닥 자국 위로 길게 뻗은 검은 잉크가 문득 끊긴다

담담하고도 먹먹한 네 번째 손가락의 뿌리
밑동만 남은 나무처럼, 홀로 꿋꿋이 자리 잡은
손가락 한 마디의 뿌리

맹세와 의지가 담긴 손에 쥔 방아쇠로 인해
결국 봄은 오고, 시린 겨울은 지났다

겨우내 혹독한 눈보라를 버틴 쓸쓸한 나무 밑동은
자신의 잔가지를 희생하면서도
그 단단한 뿌리와 소중한 고국을 지켜낸 나무 밑동은

당당하고 위엄 있는 자태로 봄을 맞이한다
우리 민족의 피땀이 물든 태양이 뜨고
우리 민족의 짠 눈물이 깃든 파도가 넘실대는

붉음과 푸름이 섞인 대지의 봄을..

새하얀 종이 위에 굳건히 새겨진
검고 커다란 왼손

비록 손가락 한 마디만 남아버렸지만,
풀 냄새가 가득한 토양 밑으로 가진 숨을 모두 불어넣어
비로소 한반도의 새봄과 웃음을 피워낸
강건한 영혼의 뿌리.

아버지의 거미집

이윤서(고양시 고양예술고2)

거미가 줄을 타고 올라갑니다
빗님이 내려와 힘든 수고를 씻어도
다시 가로줄 세로줄 한 걸음 두 걸음
달팽이도 점점 작게 점점 작게 점점 넓게 점점 넓게
겹겹의 착실한 생활은 늘어납니다
거미를 닮았고 달팽이와도 같은 내 아버지가
푸른 새벽 단잠과 바꾼

붉은 벽돌의 무한 반복 규칙
수백 가닥 이슬 맺힌 거미줄 사이로
끈적이지 않는 세로줄만 살살 밟고 갑니다

우리 아빠는 아시바를 매는데 그게 뭔지는 잘 모르겠어요.
선생님의 질문에 부끄러움이 확 끼쳐 두 귀가 빨개졌고

그의 직업이 단관비계를 설치하는 것이라는 걸 알았을 땐

굳은 관절의 투박한 두 손이 감사했던 우리들의 나이는
주렁주렁 달렸던 식구들의 무게가 만든 탄성으로
이미 가장의 등골이 휘어버린.

빗님이 내려와 씻어버린 거미집 자리는
위성측량공법으로 다이아그리드를 점점 높게 점점
높게
그때에는 남의 집만 지으러 다니던 아버지가
잠자리의 값을 가늠하며
달팽이처럼 등에 지고만 다니던 고단함을
거미집에 닿아 퍼지는 땀방울의 값어치를
우리는 알았으므로
이제 아버지는 아버지가 지은 집의 튼튼한 거미줄에
앉아
어긋나게 조립된 허리의 뼈를 다시 끼워 맞춥니다

햇님이 다시 솟아오르면
주름 깊은 아버지의 검붉은 목덜미를 떠올립니다
내어 주신 손을 붙잡고 오늘은 그 끝에서

거미가 줄을 타고 내려갑니다.

할머니의 왈츠

최다운(김포 사우고3)

뱃속에 고양이를 두고 키우는 할머니
니야아옹. 야으아옹.
한참 골골댄다
나는 그 소리에 웃어버리고
할머니도 끌끌 대며 웃어버리고
한참을 있다가는 콧바람으로 배고양이 잠재운다
할머니는 콧바람 엄청 세요.
콧바람만 세게?
씁씁 나도 잠재워버리면
그녀는 일어나 전기장판을 껐다 키고
물을 데워 할아버지가 마실 물을 따른다
내가 모르는 새벽에 그녀는 아무도 모르는 춤사위 스텝을
밟는다
오래된 장판이 눌리는 깊이까지도 사실은 계산된 움직임
투박하고 헐거운 몸짓에도 숨소리는 여전히 가늘다
음표로 기록해 놓을 수도 없어서 나는 또 기억을 못 하겠지
혼자서는 연주해 볼 수도 없겠지
꿈에서나 봤나, 그녀의 왈츠의 뿌리
어디에서부터 그 힘을 얻어내는 것인지 알 길이 없다 뿌리는
어디까지 뻗어 있는 것인지

한참을 지켜봤던 것 같지만 지치지 않아 또 숨소리가 얇다
꿈속에서는 박수를 칠 수 없다는 것을 알아버렸고
안아볼 수도 없다는 것 또한 알아버렸다
이로써 인간은 그 형체를 똑바로 볼 수 없을 것이다
이 집에서 오래전 살아온 고양이나 쥐만이 볼 수
있었을 것
지붕에 새끼 지키려 날뛰는 고양이도
어쩌면 내 발부터 머리까지 올라봤을 쥐도
그 광경을 봤을 것
숙연해지는 분위기에 머리를 조아렸을 것
더이상 그녀의 새벽을 건드리지는 못했을 것
새해에는 그녀의 발뒤꿈치 각질이 눈처럼 내렸다
쓸어도 쓸어도 뭐가 남는 분당 집에
아직도 전기장판 위에는 나른하게 쌓여있다.

찌그러진 깡통

염승민(천안 월봉고3)

길거리에 널리고 널린 것은 찌그러진 깡통이다
툭툭 채여 본래의 빛깔을 잃어버리고
생채기만 한 바구니 나 있는 깡통들

아무렇지 않게 툭 거슬린다고 툭
기분이 나빠서 툭
툭툭툭 툭 투성이들 뿐이다

사람들은 모른다 마음 쓰지 않는다
깡통들이 얼마나 아파하는지 얼마나 많은 상처를 입었는지
얼마나 많이 구르고 굴렀는지 얼마나, 얼마나 힘들어했는지
그런 것쯤은 아스팔트에 덮어씌워진 시꺼먼 염료들에게 맡겨
두고
저벅저벅 뚜벅뚜벅 제 갈 길들을 간다

모든 사람들은 그래왔고 무엇이 잘못되었는지 모른다
그래서 모든 깡통들은 생채기가 가득하다
나 또한 생채기가 가득하다
길거리에 굴러다니는 깡통들과 진배없이
어떻게 보면 내가 더 초라하고 내가 더 볼품없는지도 모르겠다

별 뜻 없다한 움직임들에 데구르르
체를 거치지 않고 쏟아부은 말들에 툭
여과 없이 보여주는 눈빛에 데구르르 제 마음에 들지 않는다고 툭
재미 삼아 데구르르 알면서도 툭 모르는 척 데구르르 화풀이로 툭
데구르르 툭 데구르르 툭 데구르르 툭 데구르르 툭
순 발길질뿐이다

하도 밟아서 우그러져버린
본래에 둥글고 반짝이던 모습을 잃어버린
작고 작은 깡통이 차고 거친 바닥을 굴러다닌다
데구르르
데구르르르르
데구르르르르르르르르…

밤거리를 괜히 쏘다녀본다
어쩌면, 어쩌면 보이지 않는 곳에서 한껏 움츠러든 깡통이 있지 않나 해서
찌그러진 깡통을 주워 펴주면 나도 좀 펴지지 않을까 해서.

거리

조가을(김포시 고양예술고2)

드르륵, 천막이 올라가는 소리가 들리고
밀가루 반죽 위로 다시금 피어오르는 생명들
완성된 붕어빵이 하나둘 쌓여가는 거리 속
메울 수 없는 간극이 생겨난다
따뜻한 팥 품은 빵 위로 돋아나는 살얼음
오동통하게 차오른 팥은 물먹은 듯 무겁기만 해서
움직이지 못하고 옹기종기 모여 있다
파문처럼 번져가는 고향 바다 생각에
빵 굽는 노파의 귓가로 걱정 어린 합창이 차오르고
서로의 온기로 호흡하며 한파를 버텨내보아도
채워지지 않는 이들의 마음이 한데 모여
학교 앞 거리로 흘러들어간다
고소한 붕어빵 냄새에 우르르 몰려나오는 뭇 아이들
기숙사를 뛰쳐나온 아이들이 붕어빵 한 입 베어 물자
팥 알갱이가 우수수 떨어진다
아이들도 붕어빵과 같은 마음이었을 거래
낯선 타지의 거리 위로 온갖 고향들이 쏟아지고 있다.

마스크 나무

성이우(서울 영상고2)

코로나 19를 경험한 날
우리 가족은 마스크를 스튜키 앞에 걸었다
가장 길게 뻗은 가지에 아버지의 것을
저만치 떨어진 공간에 어머니의 입술과 나의 입술을 포개었다가
다시 떨어뜨린 후 아차 하며
동생 것은 먼발치에 걸어 두기로 하였다
주검 같은 마스크가 숨을 쉬는 듯하다
그래서 우리는 여기에 목숨줄을 걸어 놓은 걸까
십자가의 도상에서 다 이루었다고 말하는 하얀 그림자
죽음은 그렇게 생명의 경계에서 맥박을 짚나 보다
고개 숙여 스튜키 나무의 명복을 빈다.

할아버지의 1년

인효림(당진시 호서고2)

우리 할아버지의 여름은 뜨겁습니다
땀을 뻘뻘 흘리면서도
고추를 따시던 할아버지의 여름은
다정하면서 뜨겁습니다

우리 할아버지의 가을은 선선합니다.
추석날에도 아침 일찍 일어나서
염소 밥을 주신 던 할아버지의 가을은
정감 있으면서도 선선합니다.

우리할아버지의 겨울은 시립니다
아무런 농작물도 자라지 않는 겨울은
우리 할아버지를 시리게 합니다
그래도 아침 일찍 일어나십니다.

우리할아버지의 봄은 반짝입니다.
겨울이 가고 봄이 와서
새로운 농작물들이 싹을 틔울때면
할아버지 마음에서 싹이틉니다.

우리할아버지의 1년은
청춘과 같습니다
뜨겁다가도 쉽게 지고 허나 다시 싹을 틔웁니다
우리할아버지의 1년은 청춘입니다.

청신(清晨)

박수현(대구시 경화여자고2))

세 시를 조금 넘겨서 여섯 시 되기 전까지를 나는 청신이라
불러요 태양이 언제쯤 등장하면 좋을까 세상을 살금살금
훔쳐보듯 눈만 살짝 내보낸 모습이 보여요 눈을 위로 보내면
하얀색인가 보라색인가 아님 푸른색인가 정의내릴 수 없는
색깔이 비단처럼 넘실거려요 잠은 오지 않아도 눈을 감으면
느껴지는 우리 사이에 편안한 침묵이 좋아요 오글거리는 말을
해도 청승맞은 생각을 해도 전혀 부끄럽지 않은 시간이에요
끝없는 소음 속에 시달리면서 살던 내가 눈 감고 침묵과 바둑
한판 둘 수 있어요

아
태양이 등장할 타이밍을 잡은 모양이네요 소음이 점점 커지기
시작하네요 너무 짧게 끝나버린 시간을 입맛을 다시지만 보내
줘야 되네요. 식어버린 차를 마시면서 내일 청신 때 마실 차를
기대해 봐요.

2020 제3회 최충문학상 학생부 심사평

심사위원 최운선(교수, 문학박사)

시 창작물에 대한 평가는 참으로 변덕스러운 것이다. 그 이유는 심사위원들마다 누구나 제 감정과 감각 그리고 자신의 기준에 맞는 작품을 선택하기 때문이다. 간혹 각 문예지나 신춘문예 실린 심사평을 읽다보면 객관적인 기준인 것처럼 제시하고 있으나 주관적인 객관으로 굳어져 있어 받아들이기 힘들 때가 많다. 문학은 삶의 경험을 다룬다. 시도 문학의 한 장르인데 삶의 경험은 누구나 다 다를 수 있다. 그럼에도 불구하고 우리의 현실은 초·중·고 학생들의 작품을 大槪 교과서적인 이론을 바탕으로 교사나 일부 비평가들의 명시적 또는 묵시적 암시와 영향에 의해 결정되고 있다. 그러한 예는 학생들의 문학교육 실패로 보면 될 것이다. 이는 주체적 판단 능력을 가진 주체적 독자와의 괴리감이다. 학생들에게 가장 좋아하는 시를 고르게 하면 널리 알려져 있거나 인용되었거나 혹은 이름 있는 비평가나 교사가 추천한 시를 고르는 경우는 거의 드물기 때문이다.

그렇다면 학생들에게 시를 어떻게 쓰게 할 것인가와 좋은 시는 어떻게 고를 것인가가 매우 중요하다고 할 것이다. 따라서 시를 통해 학생들 스스로의 삶을 재충전하고 시를 통해 삶의 따뜻함과 아름다움을 찾게 하는 것이 학생들의 시 창작 수련 과정에 도움이 될 것이다. 따라서 금번 제3회 해동공자 최충문학상 학생부 심사는 이러한 관점에 맞추어 심사한 결과 총 응모작 초등부 144편 중등부 105편 고등부 183편 도합 432편 중에서 초등부 /최충 할아버지〈최문결〉, 중등부/ 어느 신도의 발뒤꿈치,〈이정희〉, 창문을 걷으면 나는 건조해진다〈오아란〉, 고등부/아버지의 거미집〈이윤서〉 등 4편을 4명의 심사위원이 고심 끝에 최종심으로 결정하였다. 그리고 〈초등부〉 김사랑, 유가헌, 이루리, 김영도, 김아영 〈중등부〉 박예원 〈고등부〉 최다운, 염승민, 조가을, 성이우, 인효림, 박수현 등 12명의 작품에 대해 시 창작의 확장적 사유를 평가하고 격려하기로 하였다.

최종심으로 결정한 초등부 동시 〈최충 할아버지〉는 어린이다운 상상력과 독창성이 뛰어났으며 중등부 〈어느 신도의 뒤 발꿈치〉는 참신한 시어 선택이 아닌 일상적 시어 선택이지만 청소년기에 삶의 문제를 나름대로 대상적 사물을 형상화시켜 입체적이고 함축적 표현으로 조직화된 이미지가 시적 울림을 주었다. 살면서 누구나 한 번쯤 고민하게 되는 가족을 위한 희생을 신앙의 힘으로 참고 견뎌온 그 세월이 중학생의 사유를 아름답게 지배하고 있었다.

그리고 〈창문을 걷으면 나는 건조해진다〉는 시적 대상에 대한 새로운 인식과 통찰은 성공했으나 시적 표현에 있어 해석적 진술에 가까운 것이 흠결이었다. 고등부〈아버지의 거미집〉은 기성 시인들의 시적 수준에 접근할 만큼 대중 친화적인 일상적 소재이기에 다소 독창성이 부족하다는 결론을 내리게 되었다.

끝으로 시는 언어로 표현한 문학의 한 장르이다. 다른 문학 장르와는 다르게 이미지를 문자로 전하고 문자로 리듬을 살려내고 문자로 그림을 그려야 한다. 또한 상상력이 작용되는 감각과 감정이 표현되어야 한다. 학생들은 이 점을 충분히 숙지하며 시를 써보는 것이 바람직할 것이다.

제4회 해동공자 최충문학상

구분	학생부			일반부	비고
	초등	중등	고등		
대상 오산시장상	1명(상금 30만원)			1명 (200만원)	
최우수상 오산시의회상	1명 (상금 10만원)	0명 (상금 10만원)	1명 (상금 10만원)	1명 (상금 50만원)	
우수상 학생부:오산예총상, 오산문화원장상 일반부: 지역국회 의원상	2명 (각 상금 7만원)	2명 (상금 7만원)	2명 (각 상금 7만원)	1명 (상금 20만원)	
장려상 사)해동공자최충기념사업회 이사장상 사)한국문인협회 오산지부상	4명 (각 상금 5만원)	3명 (각 상금 5만원)	4명 (각 상금 5만원)	5명 (각 상금 10만원)	
특별상 한국독서논술 교육평가연구회				1명 (부상: 공발효선식)	
수상인원	20명			9명	29명

풍경에 기대다

송금례(평택시 이충로)

나무가 제 몸에 색을 바르는 중이다
새소리 더해져서 풍경이 태어나는 불당 골에
마애불이 홀로 서서 기억을 지우고 있다
두려움을 모시겠다는 진언을 접하고 나서
말을 많이 한 죄로 사람의 입을 가둔 날부터
돌덩이 같은 질문이 몸이 되는 저 마애불
처음엔 가슴속 희망부터 버리기 시작했다
한 번도 가져보지 못한 생의 온기
그곳에 다다르기 위해 이목구비 다 지우고
가끔씩 바람에 어깨를 쓸어내린다
아무도 사용하지 못하는 계절은 혼자 돌고
당신이 버린 입술만 새가 되어 날아간다
입 없는 사람들의 몸 안에서 들끓는 소리를
하늘이 오독하는 사이
나무가 손을 터는 비탈길에서
노랑망태버섯이 성긴 마스크를 쓰고 시간을 염한다
몸에서 태어났지만 허공이 집인 슬픔
그 걸음이 잔잔하지만 발자국은 무겁다
발자국 찍힌 가슴을 열면 눈물이 돋아나고 있다
꿈처럼 멀어 지루해지는 지상의 시간

돌로 살기 위해 부처의 허물을 버리는 마애불
그 풍경에 기대면 눈물도 조금은 가벼워지고
뒤돌아 바라본 마을엔 얼굴 아닌 얼굴들이 떠다닌다
아, 도처에 마애불이다
원시로부터 초대가 시작되었다.

바지랑대

박봉철(부산진구 범일로)

하늘에서 내려다보는 긴 시선
팽팽한 빨랫줄의 현은 고요했네
칼날처럼
아슬아슬한 벼랑 사이로
거죽 같은 생, 무게 얹히고
탱탱 당겨진 올 울음, 죄다 당기던 외줄의 길

구불구불 길을 헤치며 곧추선 아버지, 골다공증으로 숱한 역경과 좌절을 무릅쓰고 구멍구멍 벅찬 날숨과 들숨으로 부풀어 올랐다, 절벽인가 둥지인가 변신하는 공중의 깃발로 홀로 가지가 되고 횃대가 되어 수평을 켰을 때 펄럭이며 솟구친다 헛발을 물리치고 질긴 관절, 꽉 다잡은 악력은 삐걱대는 목숨 줄이었지만 기울지 않는 홰를 껴안고 머무를, 저리 단단한 우듬지가 되었을까

등 굽은 능선을 곧추세워
궁굴어진 윤슬 투명하게 툭툭 현 소리로 울부짖네
젖어 그늘진 세월
다 말리는, 반추(反芻)의 한 낮
질긴 숨 줄은 기울어진 어깨너머

수평의 대(代)를 쳐 받쳤네,
쭉 펼 자리 뻗어 고단한 주름 물고 가며
저 땡볕에 시퍼런 힘줄에 노출되는
관절 마디마디 살타는 공명만 울릴 뿐
허술한 틈새를 가르고
한 치의 어긋나지 않았던 궤도
쨍쨍, 고스란히 굳어가는
비스듬한 혈기 한나절 찌르네.

물결

장정순(진주시 사들로)

찬바람을 맞으며 힘든 일을 하면 살이 트지

경사진 강바닥을 급하게 달려오다 보면
눈초리 모나게 지켜 뜬 돌부리에 걸려
산산이 부서진 적 많은
강의 튼 살을 본 적이 있는가

자식이라면
속을 후비는 생강으로 파고드는
미처 걸러내지 못한 원망 어린 말조차
밖으로 샐까
소용돌이치는 속을 안으로 끌어당겼고

헛된 욕심으로 높은 보를 넘다가
한순간에 무너졌던 것조차 흘러간 지난 일이라
토닥이던 속 깊은 아버지
해 뜨면 논밭으로 휘어져 굽어 흘러온 한평생
찬바람이 지나간 자리마다 튼 살갗은
이끼 낀 걱정에 미끄러졌는지 멍마저 들어있다

쓰라린 매를 든 저녁
잠든 아이의 종아리를 어루만지는 아비처럼
깊을수록 짙게 드는 멍 자국 위로
안티푸라민을 펴 바르는 물안개
약손처럼 강의 튼 살을 훑다가 화하게 피어오른다.

씀빠귀

이희경(성남시 중원구)

도로변 소음에 난청을 앓는 집
뿌리 깊도록 차갑게 밀어낸 벽에 부식된 울음이 서걱거린다
고바위길을 오간 햇살이 얼마나 그늘을 우려냈는지
야윈 창을 감싼 커튼이 조금씩 바래 간다

음각의 무늬마다 먼지로 채색된 양철 대문
주름 가득한 맨발로 마중 나온 어둠을 따라 들어가면
발화의 날들을 떠나보낸 동상의 얼룩만 남아
시린 옆구리를 보여 주고 있는 노파
아직도 쓴 물이 혈관을 뜨겁게 타고 돈다며
뿌리진 단면을 툭툭 털어 낸다

결실하지 못한 홀씨가 목구멍에 달라붙는 저녁
허물이 벗겨진 밥상을 마주한 것은 오직 TV뿐
쉰 김치와 물 말아 먹는 밥이 노파를 달랜다
재방송처럼 씁쓸하게 우러나는 그늘
비늘 덮인 드라마 한 장면이 밥상 가득
죽은 남편의 욕설을 쏟아붓는다

전쟁이 만들어 놓은 통점의 과녁에
남자는 여자의 생을 뾰족하게 깎아 꽂아버렸다
차라리 아스팔트에 뿌리를 내릴까
꽃잎만큼 발등에 푸른 잎사귀 돋아났지만
난폭한 불안 속에서도 별이 지지 않는 어린 눈망울
쇠심줄보다 질기게 버텨온 모성애가 주름살로 스민다

아물아물 흑백사진에서 마른 흙처럼 흩날리는 원망
빳빳하게 호흡이 말라갈지라도
우러날 쓴 물은 남아 있다는 듯
노을 진 구석으로 고개를 돌리는 구름

샛노랗게 웃는 꽃이라고 단내가 나지는 않는다.

외발수레

김미향(당진시 무수동)

마당 한쪽 낡은 외발수레에 수북이 빗소리가 고여 있다
등이 굽고 관절이 닳아 제 무게조차 잊은 달관,
비스듬체로 필사된 한 가계의 내력으로 봉당도 움푹하다
이제 수레는 도구가 아닌 묵언의 경전, 잠의 밑변과
졸음의 빗변이 같아져 더 이상 기울 것도 없다

지척, 한 노인의 밭은기침 소리가 흘러나온다
들숨 날숨에 노을의 붉은 바탕이 뚝뚝 묻어 나오면
수레도 무게의 환상통을 앓듯 빈 수레가 더 무겁다
우기는 한 가계의 기압골을 좌표로만 예보할 뿐

지붕 위 낙과처럼 떨어져 토실토실 익어가는 달의 무게에
실금이 가는 벽의 틈을 봉하듯
광 안에서는 말라비틀어진 감자 몇 톨만이
제 상처에 뿌리를 내리고 싹을 틔우고 있다

똑바로 걸어도 걸음이 자꾸 엉키는 외발 수레는
아예 빗금만 남아 비의 각도에 평행한 기울기가 되어
팔십 평생 온갖 무게를 날라도 제 몸 하나 운구하지 못하는
노인의 슬하를 유일하게 지키고 있다

노인과 함께 삶의 경로를 완주한 유일한 피붙이

외발인 탓에 평생 뒤뚱뒤뚱 살아온 몸,
삐딱한 게 똑바로인 가장 편안한 자세로
스스로 분묘가 되어가는 외발 수레 한 채

민흘림기둥처럼 가늘어지는 무게를 가만히 누이는 인기척에
노인이 문고리를 잡고 비스듬히 상체만 일으켜
배웅인 듯 마중인 듯 밖을 두리번거리지만
빗소리 홀로 지키는 수레의 빈소,
가는귀먹어 들리지 않는 비의 곡哭도 빗소리에 묻혀버린다.

벵골만의 일몰

김태춘(서울시 강남구)

물이 너무 맑으면 허기가 진다
입술을 훔치려다 눈이 베었다 치명적인 노을

비옥은 차라리 불치의 재앙
신과 가까운 곳은 낙원이 아니다
해변에는 밀려온 쓰레기와 미동 없이 누운 노인이 있다
아침에 띄워 보낸 주검 가라앉기 전 마지막 불꽃이 튄다

가진 것이 기도밖에 없는 사람들 끊어진 닻줄 따라 흘러간다
뱃전에 물이 차오르고 빈 솥이 둥둥 뜬다
일기예보는 연일 불순을 찍고 불어 터진 나무배는 바다보다
무겁다
물이 퐁퐁 올라오는 바닥에 떡밥처럼 뭉쳐져 뒹구는 여자들

죄짓지 않은 사람들이 먼저 죄받는 바다
돛은 마음보다 먼저 찢어지고 바다보다 먼저 펄럭인다
돛이 일어서 닻을 찾을 때까지 행선지는 금기어
메카를 향해 엎드린 등 시퍼렇다

아이가 뱃전에 날아든 새우로 낚시를 한다
돛에 그려진 물고기가 물고기를 몰아오는 벵골만
일몰처럼 맑은 아이가 잡은 물고기를 놓아준다 행복은 물고기보다 쉽게 낚인다

떠도는 닻에는 갈퀴가 없어 작은 물살에도 흘러내린다
신두르 찍은 여인이 물살의 손을 잡는다 하루를 견디게 하는 조용한 위로

비린내를 좋아한다는 말의 뒤에는 식은 아궁이가 있다
어둠 속에 아픔을 쟁여 넣는다
독이 되지 않도록 천천히 삭혀야 한다
벵골만이 닻의 고리를 잡아줄 때까지.

붉은무늬 푸른나방

이혜정 (광명시 오리로)

날개를 펴고 잠든 공단 역

눈부신 저편을 넘보는 사람들
눈과 눈이 마주치자 필라멘트가 떨었다
시선이 멈춘 자리에 타다 만 잎의 문신이 다녀갔다

더듬이는 어둠에 익숙했고 흔적만 가득한 초록이 남긴 육식의
냄새를 찾아냈다 푸른 그늘 속에서 날개를 오므리는 알들이
나무줄기로 변이되고

돌이 된 새똥을 묻힌 분백가루를 뒤집어썼다 식어 빠진 잔속
에서 하얀 물뱀이 흐느적거리고 있었다 코코아를 홀짝거릴
때면 끔뻑거리는 수면 위에서 나비가 팔랑거렸다

탈피를 반복하던 공중화장실
콘서트홀이 되어버린 타일 바닥에서
스팽글이 번들거리는 날개를 흔들 때마다
온몸에 두른 싸리 꽃잎이 찰랑찰랑
체루(涕淚)가스를 뿜어댄다

죽은 전파를 수신 받은 단칸방이 철퍼덕 주저앉고
붉은 백열등은 커튼을 걷고 알몸을 흔들었다
갈라진 깃 사이로 애교 점이 피어나면 솜털 사이로 눈물이 끈
끈하게 번졌다

푸른 물결무늬 잎사귀는 산란하는 빛의 경계를 뚫고
시한부의 낮을 통과하고

하얗게 재만 남은 행간 사이를 푸석해진 끈기만 버티고 있다.

파꽃

김연화(화성시 동탄)

삼월 모퉁이 버스 정류장에
트럭 한 대 세워져 있다
길 건너 횡단보도 신호등이 바뀔 때마다
이젤 같은 풍경을 가습기가 수증기로 게워낸다

연초록이 그림 속에 물든 물감들
쪽파 양파 대파 실파들이
트럭 좌판에 사뿐히 앉아
할머니 틀니 속으로 연신 하품을 게워낸다

검은머리 파뿌리 되도록
아버지와 함께 살지 못한 어머니는
아궁이에 잔솔가지를 얹어 장작불을 지핀다

두툼한 어머니의 손놀림으로
무쇠 가마솥에는 작년 김치와 식은밥 두덩이가
들기름과 다진파와 함께 노릇노릇 볶아졌다
부뚜막에 걸터앉아 김치볶음밥을 먹고
야간 근무를 마친 아들과 함께 새벽 트럭에 올랐다

어머니는 뿌리를 겨울내내 땅 속 깊이 내려
영양분을 부지런히 모아 두었다
봄이 되자 어린 파가 세상을 뚫고 나 올 수 있도록
장작불보다 더 뜨겁게 자신의 온몸을 힘껏 밀어 올린다

텃밭에는 파들이 제법 통통하니 살이 올랐다
속이 텅 비면 빌수록 대파로 자라 제 색깔로 물든다
햇살에 푸르름이 더 밝게 빛날 때
단단히 몸을 곧게 세운다

뿌리는 하얀 옷을 갈아입고
다시 땅 속에서 장작불보다 더 뜨겁게
파꽃을 피울 기운을 모으고 있다

구름은 회복실을 걸어 나오듯
산자락에서 짙어지고
줄무늬 횡단보도에는
넘지 말아야 할 교통사고의 생이 줄지어 있다

담요의 주름조차 펴지 못한 채 누워
마주보는 회색빛,
비닐봉지 하나씩 매달고 가는 사람처럼
어쩌면 이 수액팩도 몸이 정산해야 할 것인지도
차트의 이름이 선명하다

진눈깨비가
삼월 모퉁이 버스 정류장에 내리기 시작하자
까맣게 덧칠이 시작된다
사선으로 긋고 또 긋고
한 사람이 온전히 지워질 때까지
흩뿌려간다 비워져가는 링거액이
점점 떨어져 내릴 때

어머니는 하얀 머리에 팟단을 이고
오늘도 트럭 좌판에 오른다
텃밭에 파뿌리는 깊게 푸른꽃을 피웠다.

성에꽃 까치둥지

김경희(중국 흑룡강성 계동현조선족학교)

흐르는 빗물 가슴 적시고
달리는 페달 심장 울린다
적셔지는 마름이
멈춘 바퀴를 굴리니
온길 보다 갈길 더 멀어도
또한 멀기에 굴리니
돌아보는 사이
비좁은 라목 한가지 세집으로 맡고
불청객처럼 수집게 핀 성에꽃 한 송이
그 곁에 카텐을 열쳐 보는 하얀 길 한갈래
창밖에서 벌써 까치가 우짖구나.

2021 제4회 최충문학상 일반부 심사평

심사위원장 문광영 (문학평론가)

제4회 '해동공자 최충문학상' 전국 공모전(대학·일반부)에 응모해주신 분들께 깊이 감사를 드린다. 수백 편이 접수되어 1차 예심을 거쳐 최종심에 오른 작품은 100여 편, 상이한 소재마다 시의 갈무리가 다르고, 나아가 개성 넘치는 수작들이 많아 흐뭇했다.

시란 모름지기 체험적 대상에 깊은 사유나 상상력, 통찰, 정서적 감흥을 드러낸 언어예술이다. 따라서 시의 맛과 문학성 획득은 시인 남다른 시인 특유의 가치관이나 남다른 상상력이 언어 미학적으로 얼마나 정치(精緻)하게 형상화했느냐에 달려 있다. 이러한 시의 독창성, 문학성의 발현은 바로 시인만의 '남다른 사유의 깊이나 발칙한 상상력'에서 발현된 은유(비유)적 처리의 여부에 있다고 본다. 그러니까 시란 모름지기 하나의 '은유덩어리'로 connecting

things인 셈. 여기에서 'things'는 순간적 깨달음, 영감일 수도 있고, 어떤 사물이나 경험일 수도 있다.

새벽에 너무 어두워 밥솥을 열어봅니다 / 하얀 별들이 밥이 되어 으스러져라 껴안고 있습니다 / 별이 쌀이 될 때까지 쌀이 밥이 될 때까지 살아야 합니다 // 그런 사랑 무르익고 있습니다

김승희 〈새벽밥〉 전문

천상의 '별'과 지상의 '밥'은 아주 구분된다. 그런데 발칙한 connecting으로 하얀 별이 밥이 되었다고 한다. 전혀 인간 세상과 상관이 없는 저 초월적인 높이의 있는 신성한 별이 우리 삶을 지탱해주는 밥솥으로 들어와 밥이 되었다는 것이다. 저 높은 별빛이 밥으로 내려와 서로 연결된 것, 그 밥은 이전의 밥이 아니라, 밥이란 identity를 포기하고 별 쪽으로 열어져서 별과 연결된 새로운 밥이 된 것이다. 그래서 밥은 별로 연결되고, 별은 밥으로 연결되는 "그런 사랑 무르익고 있다"는 전경화(foregrounding)로 이어진다. 이것이 바로 은유가 지닌 창의성으로 멋진 시를 만들어내고 있다.

이렇게 시인은 신비한 삼라만상을 오묘하고 연결해내고 의미를 재창조한다. 여기에서 시인의 촉수는 충만하고 예리하다. 마치 대장장이가 칼을 벼르듯 찬물과 불구덩이를 오가며 상상의 이미지로 언어로 갈무리하는 것과 같은 것이다.

최종심에서 눈을 쏠리게 한 작품은 대상작인 송금례의 〈풍경에 기대다〉이다. 이 시는 불당골 마애불을 모티브로 해서 인간의 내면을 비유적으로 감칠맛 나게 시적 형상화를 이룬 작품이다. 불교적 상상력에 기댄 화자의 깊은 사유의 힘도 돋보인다. 마애불은 바로 다름 아닌 삼계(三界)의 고뇌 속에서 살아가는 우리들의 자화상이다. 고집멸도(苦集滅道)의 길에서 "이목구비 다 지우고", "돌로 살기 위해 부처의 허물을 버리는 마애불"의 모습이야말로 내 생의 여정인 것이다. 자연 풍경과 마애불, 인간 군상이 하나로 총화의 하모니를 이루는 시적 눈썰미가 아름답다.

최우수작인 박봉철의 〈바지랑대〉도 대상 작품 못지않은 수작이다. 이 작품은 바지랑대를 소재로 했는데, 하찮은 사물인데도 생명적 의미를 부여하여 독창적으로 해석해 낸 점이 돋보인다. 물론 여기에서도 발칙한 비유적 상상력이 동원되고 있다. 인간은 세계를 해석하며 살아가는 존재, 존재하는 것마다 모두 나름의 의미를 지니고 있는 것. 시인은 "팽팽한 빨랫줄의 현"을 받치고 있는 바지랑대의 모습에서 고난의 역경과 병마와 싸우는 아버지의 군상을 유추해낸다. 빨랫줄을 받치고 있는 바지랑대, 그 사물들의 특성을 정신적으로 포착하는 시선이 아주 날카롭고 정치(精緻)하다는 것이다. 나아가 언어의 갈무리도 극히 절제되어 시맛을 돋우고 있다.

우수작인 장정순의 〈물결〉은 남다른 의미부여와 정치한 묘사로 역동적인 시상 전개를 보여준다. 시인은 호수의 '물결'을 '찬바람 맞고 트는 살갗'으로 '멍 자국'까지 들었다고 한다. 그 모태는 모진 찬바람과 경사진 강바닥, 그리고 돌부리에 걸리는 역경의 노정을 감내했기 때문이라는 것이다. 시인은 여기에 자연스럽게 부정애(父情愛)를 끌어들여 사유를 확장해 나간다. 나아가 시인은 깔린 물안개가 바로 튼 살갗과 멍 자국의 물결을 화사하게 치료하는 안티프라민이라고 한다. 물결을 놓고 아버지의 이미지를 중층적 결합한 시적 갈무리가 부럽다.

시란 자기 체험이나 사물 대상을 정신적 해석의 옷을 입혀 정치하게 언어로 형상화하는 예술이다. 따라서 철학자와 같이 늘 호기심과 궁금증으로 소재에 몰입, 남다른 해석으로 존재 의미를 구현하고, 놀람과 충격, 새로운 감동을 줄 수 있어야 한다.

예부터 최충(崔沖) 선생도 시부(詩賦)와 사장(詞章)에 관심을 두고, 문하생들에게 공부를 많이 시켰다. 과거급제의 출세보다는 오로지 문행(文行)의 인격도야로 입신양명하게 했던 것, 바로 문행의 시적 삶이란 세계를 넓고 깊게 보고, 의미 있게 해석하는 힘에서 나오는 것이다.

최충문학상 전국 공모에 응해 주신 분들께 다시 한번 감사드린다.

별가루를 삼키며

김연희(시흥시 배곧고3)

봄과 여름의 사이에서
마당의 별은 더 힘차게 반짝거리기 시작한다
나는 우수수 떨어지는 별가루들을 바라보며
두터운 백설기를 한입 크게 베어문다

할머니는 방울방울 구슬땀을 흘리며
커다란 솥에 흰 떡을 가득 지곤 했다
새하얗게 피어나던 부엌의 증기와
고소한 쌀가루의 향

오물거릴 때마다 입안에서 부서지는 가루가
할머니의 기억처럼 쏟아져 내린다
초여름 밤 공기는 그날의 증기처럼 포근하고
잊을 수 없는 할머니의 오래된 손길

따뜻한 품 마냥 둥그렇게 말린 모서리
하늘에서 떨어지는 할머니의 흔적을 모아
세상에서 하나뿐인 백설기를 먹는다
익숙해져 버린 부엌의 향이 스며들기 시작한다

이제는 닿을 수 없는 별이 된 할머니가
따뜻한 추억과 함께 목에 걸린다
아른아른 식도를 넘어가는 별가루들
나를 어루만지던 주름진 손이
다정한 풀잎소리가 되어 다시금 다가온다

우리의 시간이 부드럽게 지나간다
떨어지는 별똥별과 함께 흐르는 눈물
아름다운 하얀 별들이 빛나고 있었다

갈까요?

최한결(인천 가현초4)

최충 선생님 저희 오늘
벚꽃구경 갈까요?

안 된단다
오늘은 글씨연습
해야지

최충 선생님 저희 내일
바닷가로 놀러 갈까요?

안 된단다
내일은 시 쓰는 연습
해야지

"역시 최충 선생님은
안 넘어 온다니까."

해동공자

강다윤(오산 고현초6)

중국에는 공자가 있다면
고려에는 최충이 있네

뛰어난 문장으로
나라를 빛낸 대한민국의 해동공자

이제는 내가 대한민국을 넘어
세계를 빛내는 최충의
다음 차례 될테야.

학교풍경

김세준(인천 가현초2)

제자들이
최충 선생님 품에
안겨 있어요

부드러운 수염 보들보들
행복해요

눈으로 인자하게 웃음을
만들어요

제자들이 뒹굴뒹굴
시를 지어 노래해요

고려 하늘이 웃어요.

아름답게 진다

유상우(인천 신북초6)

외면당한 씨를 보며
궁금해 한 자는 오직 최충 뿐

그 씨앗이 싹을 틔우면
그의 얼굴은 환한 꽃을 틔우네

외면당한 싹은
누군가의 관심으로 자랄 테고

아름다운 꽃은
누군가를 보살피며 시들 텐데

그 꽃은 알고도
마지막까지 물을 뿌리며
아름다운 흔적을 남기고
우리 곁에서 아름답게 시들었네.

나는 3재학당 학생이다

한다예(서울 서원초5)

최충 할아버지는
사립학교를 세워서 학생들을
훌륭하게 키웠다는데…

“할아버지 9재 학당이 뭐예요?”
“어려운 질문이구나”

9재 학당은
학문의 수준으로 나눈
학년과 같은 말씀하신다

초등 1·2학년, 3·4학년, 5·6학년,
중 1학년, 2학년, 3학년,
고 1학년, 2학년, 3학년
이것이 9재일까?

그럼 나는 5학년
3재 학당 학생이네?

최충선생님 제자

박수빈(인천 가현초2)

최충 선생님은 넓은 우주
제자들은 뛰어난 별

최충 선생님은 넓은 하늘
제자들은 두둥실 구름

최충 선생님은 넓은 땅
제자들은 파릇파릇 새싹.

날씨

전채원(인천 가현초5)

잘하는 학생들은 높게
못하는 학생들은 짧게

최충 선생님의 시간은
제멋대로

촛농이 떨어질수록
조마조마

초가 선까지 녹으면
얼음땡

잘하는 사람의 시를 보면
한편으론 비가오고 한편으론 무지개가 뜬다.

등

전승호(오산 문시중)

서너 걸음 걷다가 또 가만히 서 봅니다
이번에는 진짜 안 되겠다는 눈빛으로 한참을 쳐다보다
내 앞에 철푸덕 앉아 등을 내어줍니다

나는 이번에도 성공한 내가 대견하기도 하고
푸근한 당신의 등에 내 몸을 기댈 수 있음에
너무나 기뻐 폴짝 뛰어올라
당신의 등에 가만히 몸을 맡겨봅니다

어느새 집 앞에 도착할 때면
나는 어김없이 잠이 들어
나의 천국에서 떨어지질 않습니다

오늘 나는 당신의 뒤에서
너무나 작아져 버린 나의 천국을 살포시 안아봅니다

와? 업어주까?

구수한 사투리와 함께
지금 나를 돌아보며 장난스럽게 웃는 당신의 모습은

지탱하기 힘겨워 무시무시한 철심을 세 개나 박아넣은 무릎을 접으며
언제나 당신의 등을 나에게 내어주던 그 미소 그대로입니다.

봄을 캐는 할머니

김효주(부천 석천중)

등이 굽은 할머니가
무르익은 봄 속에서
봄을 캔다

팔랑팔랑 날리는 벚꽃잎
봄눈처럼 맞으며
부지런히 쑥을 캔다

바구니에 담기는 쑥 한 줌
봄 햇살 한 줌
할머니는 이 봄날이 행복할까?

앞으로 몇 번이나 더
봄을 캘 수 있을까?
늘어나는 주름만큼 봄날은 짧은데

할머니 하얀 머리카락이
그래도 좋다고
봄바람에 날린다.

동쪽의 큰 스승

한동혁(인천 신현중)

씨앗이 새싹으로 자란다

새싹이 줄기로 자란다

뿌리를 꽉 잡는 듯이
절대로 떨어지지 않게

구재학당은 오늘도 운동을 시작한다

오늘도 학생들을 나무로 만들기 위해

최충 선생님은 물을 뿌리시며
새싹들을 나무로 가르칠 준비를 하신다

해동공자 최충은 동쪽의 해이다

해동공자는 동쪽의 공자이기에 때문이다.

아빠의 셔츠

이수인(부산 용수중)

늦은 저녁 건조대 위 옷걸이에 가지런히 마른 커다란 셔츠들을
엄마는 하나하나 옷걸이 채로 걷어 다리미판 옆에 쌓아둔다.
팔도 피고, 손목도 피고, 깃도 피고, 구겨진 커다란 셔츠를 곱
게 탈바꿈한다.
그 커다란 셔츠를 가만히 바라보던 난 저녁을 먹고 돌아누워
잠이든 아빠의 등을 바라보았지만, 커다란 셔츠들에 비해 너
무 작아 보였다.
정성 들여 다 핀 셔츠들을 엄마가 옷장 안에 넣고 늦은 저녁
닫혔던 옷장의 문이 다음 날 아침에 다시금 열려 펴 놓았던 셔
츠가 빼내진다.
셔츠와 넥타이, 겉옷과 가방까지 챙긴 아빠는
“갔다 올 게.”
한마디와 함께 집을 나서고 해가 다 져 갈 때 즈음 지친 모습
으로 돌아왔다.
예쁘게 펴 두었던 셔츠는 다시 구겨져 있고
그 커다란 셔츠를 벗은 아빠의 등은 다시 작아졌다.
씻으러 들어간 아빠가 문 앞에 벗어둔 셔츠를 집어 들자
체육 시간을 마친 후 반에서 나던 냄새가 난다.
다시 봐도 셔츠는 커다랗다.

한참을 바라본 셔츠를 세탁 바구니에 넣자 다 씻고 개운해진 아빠가 나왔다.
엄마가 있는 주방으로 가는 모습 뒤로 유리가 부딪치는 소리가 들렸다.
잘 못 마시는 엄마와 자라도 마시지 않을 거라던 언니 사이서 저녁을 먹으며 나는 또 아빠에게 말했다.
"아빠! 조금만 기다려, 내가 얼른 성인 돼서 아빠랑 짠 해줄게!"
그러자 아빠는 또 입 꼬리를 당겨 웃음을 지으며 말했다.
"그래, 얼른 커라."

2021 제4회 최충문학상 중등 학생부 〈장려상〉

꿈의 딸

서민지(부천 석천중)

그냥 하늘의 한 점인 줄 알았다
까만 하늘에 주인공이 된 달을
모두가 쳐다보았다

내 머리 위가 아닌
모든 이의 머리 위에서
함께 살아가는 하늘에
한 점이 아닌
마음을 밝혀주는 위로의 얼굴로
달은 어둠을 짚고 부풀어 오른다

보기만 해도 행복해지는 내 얼굴도
오늘은 환한 달이다
세상으로 성큼 나아가는
꿈의 달이다.

낡은 고무조각

김다은(서울 석관고)

눈송이로 가득 뒤덮여 있는 하늘을
할아버지는 떨리는 손을 펼치며 가려본다
오늘도 땀에 젖은 축축한 파지를 줍는다
바퀴 빠진 수레 밑으로는
바람 빠진 풍선이 바지가랑을 붙잡는다

말라 비틀어 찢어진 고무조각
할아버지는 굽은 허리를 더 숙여 풍선을 줍는다
이젠 늘어나지 않는 살의 탄성
가벼웠던 시간들과 알록달록한 웃음들이
때 낀 손톱을 빠르게 흘러 지나갔다

크게 부풀었다가 줄어들고
날아다니다가 바닥을 기는
차가운 계절의 흐름에 대해 생각한다
뜨는 것과 뜨지 않는 것
인생은 그렇게 땅으로 꺼져갔다
할아버지는 바람 빠진 풍선에서
서로의 공기를 이해해본다
찬란했던 여름의 공기를 느낀다

할아버지의 수염에는 하얀 실밥이 내려앉았다
걸을 때마다 찰랑이는 동그란 생계
내일의 목숨 값을 주워 담는다
말라비틀어진 배꼽의 흔적을 질끈 묶어
꼬였다가 끊어져가는 허기를 달래본다

끝나지 않을 골목의 외로운 길을
바람이 빠져가는 공간을 비집고 들어간다
할아버지의 허공 속 눈동자에는
보이지 않는 공기만이 가득 차있다

젖은 파지가 쳐진 어깨를 무겁게 누른다
수레 안 펼쳐진 박스 위
찢어진 풍선이 덩그러니 놓여있다
쌀쌀한 바람이 귓가를 스치고 있다.

먼지의 온도

임하연(평택 현화고)

현관을 나서다 마주한 할아버지의 자전거
먼지 쌓인 안장을 쓸어보니
오래된 목소리가 묻어난다
자전거는 밟는 만큼 앞으로 나아간다고,
뭐든지 한 만큼 나온다고 쓰다듬어주시던 그 목소리

든든한 손길이 그리워 찾아간 집에는
텅 빈 밭과 쌓인 낙엽들
싸늘하게 식은 바닥과 조용한 마당에
할아버지가 새겨져 있었다
따라붙는 그림자에 바퀴가 가라앉았지만
바람을 채울 새도 없이 달려야 했던 삶
빠진 체인을 끼워 넣은 주름진 손이
벌겋게 부르터있었다

자전거는 밟는 만큼 앞으로 나아간다고
뭐든지 한 만큼 나온다고 하셨는데
친구도 공부도 내 꿈도
정말로 그런 건 자전거밖에 없었다
낮은 목소리는 허공을 떠다니고

거칠게 불어오는 바람과
떨어지지 않고 손에 달라붙은 먼지
내 작은 손을 오롯이 맡길 수 있었던 그때가,
아무런 어두움 없이 웃을 수 있었던 날들이
할아버지의 온기처럼 천천히 떠오르고 있었다.

분수(噴水)

박지성(아산시 충남삼성고)

솟는 것이 몽상을 가진듯이
구름같은 거품색으로 세상을 거들떠보며
하늘을 향해 오르다가
상심하고 내려갈 적,
튀기는 방울은 옆 흙가에게로 사라지고
튀기지 않은 뭉침은 아래로인가 떨어지다가
수많은 자신의 모임과 다시 만날 때
여러 굴곡들이 휘청해져
파장파장들로 일렁거리고
좌르르 같은 상실의 소리도 나면
내 눈동자에선가 마음에선가
치솟음 후, 필시의 잠잠함을
미리 감각하니, 어쩌면
나도 고요하게 될
동요하는 분수와 같은 것이라고

그래 나도 잠잠해져야지.
고요한 치솟음의 반복으로 살아야지.

독거노인

이채령(서울 중화고)

낡은 벽지에 매달려 있던 헌 달력 하나
기력을 잃고 툭 떨어진다

하얗게 질려 바닥에 널브러진 달력 날짜는
여전히 12월

거리에 크리스마스 캐럴 넘실 거릴 때
자꾸만 안으로 노래를 삼켜온 노인의 하루

낡은 벽지 위로 곰팡이는 왕국을 만들고
문 앞에는 날짜 지난 신문들이 쌓인다

추위는 거북의 등처럼 딱딱하다
초록빛 기억엔 벌레들이 꼬이고
쌀쌀한 바람에 나무는 휘청휘청 기억을 잃는다

나무는 이제 지쳐 천천히 움직임을 멈추고
노인은 차갑게 얼어붙는다

멀리서 구급차의 사이렌 소리 들린다.

성장의 이면

조가을(김포시 고양예술고)

병원가자던 엄마의 말에
밑창이 닳아버린 신발을 끌고 나선 오후

북적이는 시장통에서 나 대신 헌 신발이 진찰을 받고는 했다
가게 주인이 능숙하게 사망선고를 내리면, 엄마는 내게 가장
값 싼 것을 신겼고

언니에게는 비밀로 하기로 하자
나는 가는 길마다 흙에 발을 비볐다

무릎이 아프다는 건 무슨 기분일까

새가 쪼아 먹기라도 한 듯 끊긴 다리 한 뼘만을 가지고서
밤마다 나의 새 신발을 안고 울었던 언니의 마음은
아무리 감춰도 드러나게 돼 있는 법

언제 무너져도 이상하지 않을 만큼 금이 간 속을
언니는 성장통이라고 불렀다.

그러니까, 가장 아픈 성장통을 가진 사람 명절 때 만나는 사촌동생보다도 키가 작아 약을 달고 사는 옆집 아이보다도 커질 수 없지만
가장 많이 우는 사람일 거야

언니에게도 복사뼈가 있었다면
우리는 같은 통증의 무게를 짊어지고 살았을까

이것은 성장의 또 다른 레퍼토리고

그해 겨울 언니는 다리가 한 뼘 더 생겼다
신발값 아껴 모은 쌈짓돈에 새는 멀리 날아가고
단단한 철근이 남겨진 둥지를 차지한 채

밑창이 다 닳지도 않았는데
엄마가 사온 신발 두 켤레를 보며

언니, 이제 우리는 같은 몫을 감당하는 사람이야
말했다.

완두콩의 가죽

김경원(인천시 인천가정고)

어릴 적 밭에서 이제 막 푸르러진
흐드러지게 핀 완두콩을 뜯은 적이 있다

손톱에 옅은 녹음이 묻을 때까지
한 가득이 수확한 완두콩을 까며
한 알 한 알 몰래 입에 털어 넣었다

완두의 가죽을 벗기는 것은
너무나도 간단한 일이었지만
섬뜩한 기분이 들었다

완두가 수많은 동물들처럼 보였던 까닭이었다
완두껍질이 완두에서 벗겨 나온 것처럼

수많은 동물들의 가죽도 순식간에
아름다운 모피털 점퍼로 변신하기에

나는 마치 사냥꾼이 된 듯한 느낌이 들어
재빨리 손에 진 완두콩 얼룩을
박박 문질러 벗겨냈다

고통스럽게 죽어가는 동물들로 만든
털가죽을
나는 입지 않겠다 잃지 않겠다며
몇 번이고 다짐했다.

반복

박서진(충남삼성고)

잠시 멈추어 뒤를 보았다.
수없이 이어진 길 위에
가지런히 흩뿌려진 나의 혈흔.

붉은 꽃 만개의 시작이 어디였나 따라가 보니
그는 생명의 탄생이었노라.

내 코로 공기 접하고
내 두 눈에 세상 담을 때 시작된 여정은
끊임없이 나를 세상으로 내몰았고,
난 보편의 저울 위에 올려져 심판받았다.

이 과정의 반복이 시간을 달리게 하였으며
달리는 시간은 눈가의 깊은 주름을
추억으로 채웠다.

내 두 발 희생하여 내 정신에게 바쳤다.
발바닥에 박힌 못은 상처를 만들었고
상처는 내 몸이 피를 토하게 하여
길 위에 역사를 남겼다.

혈흔이 더 까맣고 더 단단할수록
나의 마음 또한 강인해졌다.

노력이란 고통에
피를 내뱉으며 생명선을 연장시킨 것이라.

붉은 실, 내 발에 묶여 까마득히 이어지면
다시 묵묵히 길을 걷기 시작한다.
혈흔의 끝을 찾기 위해서.

2021 제4회 최충문학상 학생부 심사평

심사위원 최운선(교수, 문학박사)

아름다운 시간의 얼굴들

항아리 속에 자신들 만의 새로운 언어를 담아두는 청소년기는 보배처럼 가지고 있는 자신의 언어로 창조된 시간을 음미 한다. 청소년기는 성장의 연속성 원리에서 시가 무엇인지 잘 몰라도 경험적 자아를 공감하며 때로는 자신을 표현하고 싶어 한다. 이는 시적 의미의 위치가 독자에서 서정적 자아로의 귀환이 된 것이다. 누구에게나 청소년 시기라는 세월의 얼굴이 있다. 그리고 그 얼굴은 아름다운 시간의 얼굴이다. 그런데 이 시기는 교육적 인격과 균형잡힌 정서로 지도가 되어야 한다. 금번 제4회 해동공자 최충 문학상 초.중등부 응모작품에 대한 심사는 균형적 정서라는 범주에서 성장과 경험의 진실성을 표현한 작품 위주로 선정하였다. 미래를 생각해 보면 청소년기는 언어를 통해서 세계를 해석하고 틀을 찾아 형식을 갖추어 나가는 시기이다. 문학이라는 언어 또한 아름다운 시간의 얼굴들을 가꾸어 가는 삶의 한 과정인 것이다.

초등부 응모 작품중 최종심에 오른 작품은 〈갈까요?〉와 〈해동공자〉 두 작품이었다. 초등부 최우수작으로 선정한 〈갈까요?〉는 동시적 틀과 시적 여운이 초등학생들에게 공감대가 형성되는 자신의 경험을 진솔하게 잘 표현하였고 우수작으로 선정한 〈해동공자〉는 최충을 빗대어 자신의 포부를 밝혔는데 '최충의 다음 차례가 될테야 '라는 표현에서 순수한 동심의 그 모습을 그대로 보여 주었기에 심사위원들은 두 작품을 수상작으로 선정하였다.

중등부에서도 최종심에 오른 작품은 두 작품인데 〈등〉과 〈봄을 캐는 할머니〉 두 작품 모두 최우수상으로 선정하기에는 미흡하였다.〈등〉은 틀이 갖추어졌으나 연결성에서 부족함이 보였고 시적 발상은 경험적 체험에서 가져 왔으나 시상 통일이 가지런하지 못한 흠결이 있었다. 〈봄을 캐는 할머니는〉 틀도 잘 갖추었고 시상 전개도 제대로 통일되어 심사위원들의 주목을 받았으나 시어의 선택에서 미숙성과 함께 참신성이 부족하여 두 작품 모두 최우수가 아닌 우수작으로 선정하였음을 일러둔다.

고등부에서는 최종심에 올라온 작품이 〈별가루를 삼키며〉, 〈낡은 고무 조각〉, 〈먼지의 온도〉, 〈분수〉 모두 네 작품이었는데 〈별가루를 삼키며〉는 고등학생으로서 백설기의 하얀 가루빛과 하늘의 별빛을 유추해서 할머니의 영상적 이미지를 연결한 것이 흥미를 끌었다. 작품에서 보여 준 시상전개의 통일성이나 시적 틀의 형성과정은 미숙하였으나 학생이기에 시적 창조력이 커 갈 수 있음을 기대하고 학생부 대상으로 선정하게 되었다. 〈낡은 고무 조각〉은 시상전개가 2연에서 3연으로 넘어가는 과정에서 할아버지의 휴지 줍는 모습을 시로 표현하고자 했던 것인지 아니면 타이어 낡은 고무 조각을 시로 표현하고자 했던 것인지 구분하기가 애매하였다. 따라서 밀도 있는 시상전개는 아니었지만 시어 선택이나 시어를 다듬어 시적 문장으로 표현한 나름대로의 노력을 인정하여 최우수작으로 선정 하였다. 〈먼지의 온도〉는 자전거에서 할아버지의 모습을 찾는 표현이 시적 형상화에 기여 했으나 시어의 사용이 고르지 못했고 〈분수〉에서는 시상의 전개가 너무 단조로웠다. 그러나 고등학생이기에 앞으로를 기대하고 두 작품 모두 우수작으로 선정한다. 끝으로 하고 싶은 이야기는 누구에게나 진실이 살아 있다는 것이다. 그리고 이 땅위에 살아가면서 삶의 사랑은 위대한 시가 된다는 것이다 또한 그것은 아름다운 시간의 얼굴이다. 아름다운 시간은 지난날부터 예측된 인간성 회복의 추구임을 언급하며 심사평을 끝맺는다.

제5회 해동공자 최충문학상

구분	학생부			일반부	비고
	초등	중등	고등		
대상 오산시장상	1명(상금 30만원)			0명 (200만원)	
최우수상 오산시의회상	1명 (상금 10만원)	0명 (상금 10만원)	0명 (상금 10만원)	1명 (상금 50만원)	
우수상 학생부:오산예총상, 오산문화원장상 일반부: 지역국회 의원상	2명 (각 상금 7만원)	0명 (상금 7만원)	2명 (각 상금 7만원)	2명 (상금 20만원)	
장려상 사)해동공자최충기념사업회 이사장상 사)한국문인협회 오산지부상	3명 (각 상금 5만원)	4명 (각 상금 5만원)	3명 (각 상금 5만원)	6명 (각 상금 10만원)	
수상인원	16명			9명	25명

나비질*

김희숙(청주시 상당구)

팥을 손에 쥐면 차르르 차르르 파도 소리 들린다

바다색 방수포 위에 쪼그려 앉은 당신
흰 수건 머리에 두르고
빛바랜 스웨터에 헤진 몸빼 입은 채 바람을 등지고 있다

누렇게 마른 팥대를 막대기로 두들기면
구부러진 등을 따라 촘촘히 박히는 햇살
굽어 비틀린 손가락으로
잔가지와 꼬투리를 걷어내고
검불에 뒤범벅된 알갱이들을 쓸어 키에 담는다

하늘 향해 키를 올렸다 내리면
차르르 차르르 착차르르
파도 소리를 내며 날갯짓하는 팥알들
당신의 붉은 바다가 키 안에서 출렁인다

키내림 하면서
불어올 겨울을 홀로 준비했으리라
헐렁한 옷 속을 파고드는 맵찬 갈바람 견디며
팥알처럼 단단히 여물어 갈 아이들의 날개를 키웠으리라

차르르 차르르 착차르르
티껍지가 날아가고
팥이 키 안쪽으로 튼실하게 쌓이면
눈물 같은 알갱이를 그러모아
함지에 차곡차곡 담던 당신

손을 펴면 손가락 사이로 떨어지는 팥알들
웅크리고 앉은 키질 소리가
아득한 물결 되어 명치에 쌓인다

마당 한켠 바람이 불면
허공을 향해 펼치는 날갯짓 속에
어머니의 굵은 주름이 차르르 풀어지고 있다.

---

* 나비질: 키로 부치어 바람을 내는 일

굴뽕을 딴다

서상규(인천시 옹진군 영흥면)

갯벌에 나무 한 그루가 자란다
물길을 따라 구불구불 줄기를 뻗은 갯고랑.
썰물 빠진 개흙에 화선지를 펼쳐
짙은 먹선으로 수묵화를 그려놓고
중천에 뜬 해가 낙관을 찍는다
누추한 가문에서 누에처럼 태어나 시집온
가난살이에 살림을 떠맡은 난관을
낙관적으로 받아들이는 어머니.
고된 삶을 선한 마음으로 광합성 하는
나무의 운명을 새긴 굳은살 앉은 손금으로
뼛골 시린 갯골을 쓰다듬는다
어린 갯것에게 오디로 익은 젖을 물리듯
등 굽힌 곡진함으로 굴뽕을 딴다
들물 날물이 속살에 배어들어 짭조름한
굴에서 지나온 곡절을 읽는다
진창이 발목을 붙드는 차진 뻘에서
벌벌 기며 뻘뻘 쏟는 땀방울이
갯벌의 나무에 열려 알알이 여문 굴뽕을
몸으로 거둬들이는 생명의 순환.
생애에 박힌 옹이 많은 가지에서

알찬 결실을 가슴 벅찬 비움 속에 채워
뻘밭에서 물때 맞춰 허리를 편다
갯골에 난 물관으로 밀물이 차오르면서
바다 바닥을 짚고 일어선 나무가
파란 잎맥으로 파도를 퍼트린다
갯벌에 자란 나무 한 그루 품은 어머니가
저녁 때 고소한 굴밥을 짓는다.

*서해안에서는 갯굴을 '굴뽕'이라고 부른다.

미역국

전지연(성남시 수정구)

집안에 첫 손녀가 태어나기 전
노인은 다시 바다를 찾았다
수십 년 물질로 바다 밑을 고르던
실력으로 검은 미역 한 뭇을 샀다

미역은 노인을 닮았다
전신을 바다 안에 담그고
오랜 시간 푸른 물에서 무자맥질했다
살점을 떼어주는 바다 앞에서
겸허히 자신의 숨을 막았다
바다를 등지고만 거친 호흡을 내쉬었다
잔잔한 물살에도 쉽게 흔들리지만
잡초처럼 바다에 뿌리를 내렸다
그러나 손길이 닿는 사람에게는
기꺼이 자신을 내어주었다

천장에 고이 자신을 접어두고는
주름투성이의 손이 만삭의 배에 닿았다
작살을 들지 않고 그저 바다의 나눔에 따라
망사리를 넘치지 않게 채웠는데도

손톱 아래가 시꺼멓게 멍들어 있었다
아이의 발이 손을 맞대어 조류의 움직임을 보였다
노인의 심장이 발의 움직임에 맞춰 두근댔다

산모가 첫술을 떴을 때
입가에 노인의 머리에 배인 바다 냄새가 났다
해풍을 견뎌낸 무수한 머리카락
생명의 냄새가 아이의 살이 되었다.

삼례시장

박신우(전주시 완주군)

오일장이 올 때마다 부지런히 펴지는 좌판들
충혈 된 눈을 달고 부지런히 모인 몸들이
턱턱 엎어지고 있다
아가미 주위로 찬 숨들이 서성거리기 시작했다
아주머니는 고기를 올렸다 내리며 삶을 저울질하고
꼬깃한 지폐를 꽉 쥐고 있는 주부의 눈동자도
저울 위를 올라타고 있다 곧, 토막이 날 것이다
시린 손끝에 침을 묻이며 지폐를 골라내는
주부의 손가락, 마디마다 갈라진 절벽이 있다
짱돌로 눌러 둔 비닐들이 펄럭거리는
얼어붙은 시장 골목, 가끔 자전거가 쨍쨍
정지된 장면을 깨트리고 지나가면 잠깐
부스럭거리는 의자들이 오래된 냄새를 씹고 있다
누런 틈니에서 나는 비린내에 물고기도 몸을 멎었다
잠시 장화가 물고기처럼 출렁거리기라도 하면
파리가 허공을 저었다 그 광경을 본 생선들 아무 말이 없다
닭들이 녹슨 의자에 갇힌 인간을 본다
하루 종일 허공을 쪼는 소리 들린다
좁아진 식탁의 크기만큼 시장의 비닐봉지도 품을 줄였다
코가 붉은 아저씨가 과일가게서 망설이고 있다

가벼운 비닐봉지마다 오히려 더 무거운 어깨가
처진 골목길을 떠다니고 있다
장이 끝난 뒤의 풍경,
색 바랜 새마을조끼를 입은 할머니
모든 무릎들을 주워 담고 있다.

발바닥 탁본

최형만(순천시 해룡면)

발코니부터 해가 지더니
개펄에서 사람들이 떠나갈 때였다
창으로 가로막힌 내가
더는 기록할 수 없는 바다

불거진 핏줄이 솟는 발등은
소복이 쌓여간 저녁처럼 붉었다
그때마다 물풀을 편애한 새들이 내려와
갈라진 바닥을 이었다

저문 빛을 올라탄 해풍이 몰려와
짠 내를 풍길 때까지
개흙을 짚고 물때만 기다리는 사람들
이물의 궁리를 받아낸 고물처럼
남몰래 탁본을 뜨고 있다

발목을 간질이는 무수한 수다에
은빛을 물고 가는 물떼새도
한낮의 물빛을 다 건져내는 중일까
꾹꾹 눌러간 뻘밭의 문장에

먼 데를 바라보는 물숨 같은 시간

바짝 끌어당긴 어둠을 긁는 동안
벌거벗은 수심은 어디로 흘러갔을까
움푹한 발자국에 갯물이 들 때마다
사람들은 밤새 낙관을 새겼다

부르튼 맨발에 갯메꽃이 피는 중이다.

할머니의 글맛

이생문(화성시 영통로)

관절염 손잡고 읍내 병원 가는 날
「에출중」 푯말 대문 목에 걸어 놓고 외출중이라 읽으며
귀는 캄캄해도 눈은 환해졌다고 흐뭇한 표정이다
글은 삐뚤어도 밭고랑은 쪽 고르게 명필이던 할머니
이만하면 남은 생 끄떡없다고
비틀비틀 글씨 속에 고단한 한생이 선명하다

늦게 배운 글맛 밥맛 보다 담백해
밭고랑에 촘촘히 글의 씨앗 뿌리는 할머니
무거운 눈꺼풀 들쳐 업고 마을 회관 야학 책상에 엎드려
두통을 앓을 때마다
흙에 묻혀있던 긴 세월이 흔들리는 손 붙잡아 주었다

글은 남자의 몫이던 시절
여자를 반납하고 싶었을 당신
수선할 수 없는 가난 끼고 살아도 두렵지 않았지만
눈을 빌릴 수 없는 곳에서는 조바심이 가슴을 쳤다
이제 환해진 눈에는 주눅 따위 살지 않는다

글이 여물어 갈 때마다 기억으로 더듬던 절기를 눈으로 짚어
보고
가족의 생일과 제삿날 달력에 적어 보는 흐뭇한 손
올가을 공책마다 흙처럼 순박한 글 주렁주렁 열리면
잘 익은 문장 한 가득 소쿠리에 담아
그동안 빌린 글 갚아줘도 되겠다

당신이 피우려던 글 꽃 무슨 색깔이었을까
이미 봄 떠난 얼굴이지만
노랑나비 줄지어 찾아오는 화사한 웃음꽃이었을 것이다.

호박의 부양능력

나영채(서울 도봉구)

자전거 수리점 담장에
호박 줄기가 무성하다
겨우 한 호흡 불어넣은 애호박을 두고
호박꽃은 분가루 묻은 떨켜를 놓아버린다
그때 텅 빈 호박 속은 청색 파장으로 속을 넓힌다
사람이 넝쿨을 뒤적일 때마다 바깥으로 조금씩 부푼다
줄기는 배밀이로 기어오른다
그날부터 호박 줄기들은
조금씩 아주 조금씩 숨을 불어넣고
천천히 차오르며 부풀어오른 호박은
어느새 담장 위까지 날아 올라가 있다
호박은 어디로 이소(離巢)하려는가
통통하게 살 오른 공중
세상에 헛숨 없다는 것을 증명하려는
호박 줄기들의 부양 능력이다
날개 하나 없는 호박을 담장 위까지
날아오르게 한 것은 이파리들의 부양 덕분이다
가끔은 환한 보름달도 그 뒤편에
무성한 이파리와 줄기를 숨겨놓고
연신 골목과 담장 위 어둠을 빨아들이듯

호박넝쿨은 대본 없이 엄마가 된
우리 엄마와 가장 친한 채소,
이파리부터 줄기까지 뚝뚝 꺾어다
뚝딱 아침상을 차려냈었다
그런 호박의 부양 능력을 배워
날지 못하는 우리를 부양(浮揚)시키려 했을 것이다.

각촉부시

권수진(창원시 마산합포구)

귀법사 승방 문틈 사이로 시원한 바람이 분다
정좌해 앉은 재생(齋生)들 어깨 너머
스멀스멀 긴장감 맴도는 방안
촛대에 세워진 양초 위에 눈금을 긋고
뜻을 같이하는 선비들 한데 모여
제 이름 걸고 시를 수창(酬唱)하는 학구열
촛불이 활활 타오른다
방 주위를 빼곡히 둘러앉은 조관(朝官)들은 마치
어둠 속을 환히 밝힌 등불 같았다
풍전등화처럼 위태로운 시국을 걱정하거나
법고창신을 위한 대안을 제시하거나
저마다 벼루 속에 청운의 부푼 꿈을 곱게 갈아서
마음껏 붓을 휘갈기는 문하생들
진퇴의 절도와 장유의 서열이 분명하였으므로
몇 순배 술잔이 돌고 돌아도
흐트러진 자세를 보이지 않았다
예나 지금이나 부패한 관료들은 무고한
백성을 유린하고 능욕하며
온갖 사치와 낭비가 극에 달했으니
청렴과 검소함을 각자 몸에 새기고,

문장으로 온몸을 장식하여라.*
문장으로 부귀(錦繡)를 누리고,
덕행으로 공명(珪璋)을 이루어라.**
오직 출세를 목적으로 과거 시험에 매진하는
어리석은 자를 향한 훈계 귓가에 맴도는데
스승님 말씀 받들어 구재학당에는
숨은 인재가 끊이질 않고
청렴결백한 유생들로 울창한 숲을 이루니
강당 주변의 청명한 새소리 영원하여라.

---

* 계이자시에서 인용
** 계이자시에서 인용

안개의 터널

박 찬(서울 강북구)

차들이 터널을 지나고 있다
오랜 기간 몸으로 체득해온 방어운전
이정표는 안개 속에 가려져 있다
사람의 말이 뜻이 아닌
소리의 공명으로 자라나는 곳

안개의 터널에서
부끄러움은 고장난 와이퍼처럼 움직이지 않는다
나는 늘 그렇듯 저단기어를 넣는다
안개로 위장된 터널은 끝이 보이지 않는다
안개등을 켜도 앞이 보이지 않았다
누군가 사라져도 알 수 없는 일이었다
새치기하며 차들이 끼어들고
멱살잡이 같은 경적이 메아리처럼 터널을 돌아다녔다

어제도 한 명의 동료가 짐을 쌌다
허울 좋은 명퇴로 둔갑한 권고사직이었다
순댓국집을 낼 거라며
오픈하면 놀러오라던 그에게
쓴 커피를 같이 마셔주는 일이 전부였다

그와 함께 했던 이십여 년
어느새 깊은 주름을 낸 그의 이마는
무언가 하고 싶은 말을 찾고 있는 것 같았다
그를 앞에 두고 나는 말을 아껴야했다
뒤에 남은 자의 변명은 침묵이라고
아직 나를 버티게 해준 건 오직 침묵이라고
사시사철 안개로 젖은 터널 속에서
사고는 불가항력이었다
매일 몇 대의 차가 레커차에 끌려 나갔고
그것은 누군가의 불행일 뿐이었다

오늘도 터널엔 안개가 자욱하다
터널로 향하는 줄은 끝이 보이지 않는다
오랫동안 나를 따라다니던 위궤양이
더부룩한 세월을 게워내고 있다.

2022 제5회 최충문학상 일반부 심사평

심사위원장 문광영 (문학평론가)

연금술의 시안(詩眼)으로 정신의 칼을 만들어가야

제5회 '해동공자 최충 문학상' 전국 공모전(일반부)에 응모해주신 분들께 깊은 감사를 드린다. 총 응모작품은 800여 편, 예심을 거쳐 본심에 오른 작품은 120여 편이다. 저마다 개성 넘치는 작품이 일부 눈에 띄었지만, 지난 4회 때보다는 응모 편수가 저조하여 아쉬웠다. 아마도 홍보 부족의 영향 때문이라 여겨진다.

시란 모름지기 자기 체험의 깊이, 사유의 깊이에서 온다. 곧 시창작이란 체험적 대상에 대한 나름의 정신, 혹은 정서의 옷을 입히는 작업인데, 사유와 정감이 정치하게 맞물려 어떤 감동, 울림, 들림이 있을 때 좋은 시로 평가받을 수 있다. 여기에서 시인이 소재를 갈무리하는 언어적 촉수는 충만하고 날카롭다. 마치 대장장이가 무쇠를 가지고 불에 달궈 메질을 하고 물에 담금질하여 칼을 번뜩이게 만들 듯, 시인은 연금술의 시안(詩眼)으로 정신의 칼을 만들어가야 한다. 그래서 시에서 중요한 것은 모름지기 선경(先景)과 후정(後情)이라는 대상을 되새김질하는 과정에서 관찰과 상상, 그리고 사유와 통찰에서 남다른 깊이가 있어야 한다, 단순한 사실의 보고나 체험의 기록은 절대로 시가 되지 못한다. 또한 수필 같은 산문이라면 몰라도 두루

뭉술한 느낌이나 생각을 서술해내서도 안 된다.

요즘 시인들이 산문시로 쓰는 경향이 늘어나고 있다. 문제는 시와 산문을 구분하지 못하고, 마구잡이식 배설에 그친다는 데 있다. 이번에 응모된 작품들 대다수가 그러한 작품들이 많았다. 연이나 행간 처리만을 한다고 시가 되는가. 진정 산문시가 되려면, 남다른 느낌의 깊이, 이미지로 처리된 상상이 들어가야 한다. 이미지는 관념과 사물이 만나는 지점이다. 시는 구체적으로 이미지를 통하여 추상적인 의미, 관념을 전달한다. 그러니까 직접적 진술, 추상적 서술이 아니라 구체적으로 감각적 경험을 불러 일으켜 주어야 한다는 말이다. 바로 감각적 이미지나 비유적 이미지는 곧 발칙한 상상력의 근원이 되는 것으로, 시가 간접적 진술로 이루어지는 상상의 장르라는 것을 입증해 준다. 강조하면 산문시도 '말하기'가 아닌 이미지로서 '보여주기'라는 시적 행보가 지배해야 한다. 그래야 시 본연의 섬세한 맛으로서 신선감, 강렬성, 환기력을 얻을 수 있다.

최우수작 오른 김희숙의 시 「나비질」은 팥알을 키질해 내는 어머니의 모습을 순간 포착하여 아주 박진감 있고, 의미 있게 형상화하고 있다. 여기에서 '나비질'이란 '키로 부치어 바람을 내는 일'을 말한다. "하늘 향해 키를 올렸다 내리면 / 차르르 차르르 착차르르 / 파도 소리를 내며 날갯짓하는 팥알들 / 당신의 붉은 바다가 키 안에서 출렁인다"에서 보듯, 공감각적인 묘사와 더불어 역동적 이미지가 넘쳐난다. 또 붉은 바다로 치환하는 연상력도 매우 생동감 있다. 나아가 마지막 연에서 "허공을 향해 펼치는 날갯짓 속에 / 어머니의 굵은 주름이 차르르 풀어지고 있다"는 결구 처리에서도 그 완성도가 높다.

우수작으로 뽑힌 서상규의 시 「굴뽕을 딴다」는 화자의 상상력과 해석적 의미부여가 매우 참신하게 녹아있다. 굴뽕은 갯굴을 말하는데, 갯굴을 따는 어머니의 모습을 감칠맛 나는 언어로 묘사하고 있다. 굴뽕을 놓고서 "갯벌에 나무 한 그루가 자란다"라고 한 서두의 모티브 처리와 마지막 행 "갯벌에 자란 나무 한 그루 품은 어머니가 / 저녁 때 고소한 굴밥을 짓는다"고 한 훈훈한 전경화 처리도 주목을 끈다.

같은 우수작인 전지연의 「미역국」은 노인의 미역 채취에 대한 노고를 물아일체적 상상력과 통찰적 의미로 풀어낸 시이다. 마지막에서 미역의 이미지를 산모와 아이에게 의미 있게 연결, "해풍을 견디낸 무수한 머리카락 / 생명의 냄새가 아이의 살이 되었다"라는 결구 처리가 애잔한 감동을 주고 있다.

각촉부시(刻燭賦詩)라는 말이 있다. 촛불을 켜놓고 초가 타내려 가는 일정 부분에 금을 새겨 놓아 그 시간 안에 시를 짓게 하는 경시대회다. 고려와 조선시대에는 시부(詩賦)에 대한 작문능력을 지식인이라면 필수적으로 닦아 두어야 할 기초교양, 그래서 각촉부시의 방법으로 시문을 짓게 했다. 예부터 최충((崔沖) 선생도 시부(詩賦)와 사장(詞章)에 관심을 두고, 문하생들에게 문장공부를 많이 시켰다. 과거급제의 출세보다는 오로지 문행(文行)의 인격도야로 입신양명하게 했던 것이다. 바로 우리가 쓰고 있는 문행(文行)의 시적 삶이란 것도 따지고 보면, 세계를 넓고 깊게 보고, 의미 있게 해석하고자 하는 문학적 승화의 힘에서 나오는 것이다.

저녁의 향기

김태희(안양시 안양고 2)

한숨이 섞이고 엮이는 장소를 지나
쓰디 쓴 저녁이 붙은 돌담을 돌아서면
낡고 자그마한 엄마의 가게가 반짝이고 있다
여러 겹의 발자국과 굽어버린 계절들

엄마는 양손이 모두 부르터가면서도
항상 커다랗고 밝게 빛나 올랐다
저무는 석양처럼 아름답게,
쌓인 그릇과 컵들을 닦으며
색바랜 앞치마를 둘러멘 쓰라린 나날들

따스한 온도를 지닌 사람은
저녁의 향기를 품는다고
엄마한테선 언제나 푸근한 향이 났다
매일을 위해 열심히 살아온 손등이
주황빛으로 물들어 느리게 흘러내리면
나는 가게에 떨어진 저녁을 줍곤 했다
엄마의 세월과 다정하고 깊은 색깔들

나는 이제 저녁의 넓이를 알고
엄마의 굽을 등을 매만져 본다
한순간에 저버리는 석양처럼
어느새 너무나 작아진 나의 엄마

눈앞을 아득히 가로막는 저녁 아래
그릇 달그락거리는 소리 들려온다
천천히 저물어가는 태양이
따스한 바다처럼 가게를 물들이고 있었다.

심장의 쿵

홍혜승(용인 초당초4)

촛농 한 방울에
심장이 쿵

촛농 두 방울에
심장이 쿵쿵

촛농아 기다려라
내 시는
아직 한 줄

촛농아 게 섰거라
내 시는
아직 두 줄

시간은 가고
초는 짧아지는데

마지막 촛농이
주르륵

아이쿠!
겨우 다 썼네.

촛불시계

서동건(용인 초당초6)

타닥타닥 뚝뚝 촛농이 떨어지네
눈금이 지나기 전에 완성할 수 있을까

타닥타닥 찔끔 심장이 쪼그라드네
눈금이 지나기 전에 읊을 수 있을까

여름방학 다 지나가는 줄도 모르고
졸졸졸 산골짜기 시냇물도
알록달록 밤손님 반딧불이도
타닥타닥 소리에만 귀 기울이니

타닥타닥 술술
구재학당 학생들 더위도 잊은 채
시의 노랫가락에 장단 맞추고

타닥타닥 촛불시계
한 여름밤의 장원을 뽑네

해시계도 물시계도 없던 시대
최충 선생님의 촛불시계
미래의 일꾼을 키우네.

별빛학당

성민재(용인 초당초6)

구재학당이 빛을 냅니다 은은한 별빛을
안에서는 글읽는 소리 문틈으로 새어나옵니다
바람결에 긁읽는 소리 실려 온세상에 퍼집니다

바람이 전해준 글읽는 소리
별들이 듣습니다
별들이 그소리 가만히 들으며
조용히 책을 펴고 글을 읽습니다
별들이 글 읽는 소리 또다시 바람결에 실려
구재학당 학생들 귓가에 들립니다.

구재학당 학생들
책을 덮고 시를 짓습니다
별들도 시를 짓습니다
하늘과 땅을 오가는 시를 주고 받으며
이밤은 또 지나갑니다.

각촉부시

정하윤(용인 초당초6)

초 심지가 타들어 간다.
내 마음도 같이 타들어 간다.

촛농이 떨어진다.
내 가슴도 철렁하고 떨어진다.

초는 타야지 사는 것이지만
초가타면 나는 죽는다.

눈금이 다 지나기 전에
나를 빨리 살리자.

별빛학당

성민재(용인 초당초6)

구재학당이 빛을 냅니다 은은한 별빛을
안에서는 글읽는 소리 문틈으로 새어나옵니다
바람결에 긁읽는 소리 실려 온세상에 퍼집니다

바람이 전해준 글읽는 소리
별들이 듣습니다
별들이 그소리 가만히 들으며
조용히 책을 펴고 글을 읽습니다
별들이 글 읽는 소리 또다시 바람결에 실려
구재학당 학생들 귓가에 들립니다.

구재학당 학생들
책을 덮고 시를 짓습니다
별들도 시를 짓습니다
하늘과 땅을 오가는 시를 주고 받으며
이밤은 또 지나갑니다.

각촉부시

정하윤(용인 초당초6)

초 심지가 타들어 간다.
내 마음도 같이 타들어 간다.

촛농이 떨어진다.
내 가슴도 철렁하고 떨어진다.

초는 타야지 사는 것이지만
초가타면 나는 죽는다.

눈금이 다 지나기 전에
나를 빨리 살리자.

오래된 나무의 인생

신현서(인천 가현초 5)

오래된 나무의
최충 선생님

여러 제자에게
준 열매들

백성들은
최충 선생님을
왕과 같은
대우를 해준다.

백성들은
최충 선생님에게
씨앗을 준다.

그 덕분에
최충 선생님은
구재학당을 만들고
학생들을 가르쳐주는 것으로
백성들에게 다 자라
떨어 열매들로
보답을 한다.

우리가 지금

박소율(인천 가현초4)

우리가 지금
마시는 물이
최충 선생님의
땀방울

우리가 지금
먹는 젤리는
최충 선생님의
말씀

우리가 지금
먹는 우동이
최충 선생님의
머리카락

우리가 지금
먹는 김치는
최충 선생님의
생명

우리가 지금
먹는 음식들은
최충 선생님의
열정과 노력.

못

구보민(인천 가현중3)

아주 옛날에
못은 아무리 망치로 두드려도
굽지 않는 줄만 알았다

굽은 못을 본 적이 없었고
못을 박아본 적도 없었기에

나는 못이 굽지 않는 줄만 알았다

아주 옛날에
아빠는 아무리 시간이 지나도
늙지 않는 줄만 알았다

늙은 나의 아빠를 본 적도
상상을 해본 적도 없었기에

나는 아빠가 늙지 않는 줄만 알았다

시간이 흐르고 또 흘러
나는 굽은 못을 많이도 보았고
부쩍 늙은 나의 아빠도 보았다

굽은 못도, 늙은 아빠도
도통 밉지도, 슬프지도 않은데

이상하게도
나는 그 시절이 문득 그립다

못도 망치로 세게 두드리면 굽는다는 것도
나의 아빠도 나와 함께 나이 든다는 것조차도

모르던 그때 그 시절이
어쩌면 그 시절 속 내가
문득 사무치게 그립다.

2022 제5회 최충문학상 중등 학생부 〈장려상〉

자연의 구제학당

임유찬(인천 가현중2)

해동공자라 불리던 최충은
동쪽의 태양이 되었고
그 태양빛은 구재학당을 향하여
인재 양성의 커다란 발판이 되었다

매화나무 아래 앉아 공부하는
최충과 그의 제자들의 모습은
마치 넓은 꽃밭

그 꽃밭엔 신기하게도
시든 꽃 한 송이 없이
모두 각자만의 색을 띄고 있으며
모두가 같은 속도로 성장하고 있다.

최충의 다정하고도 엄격한 눈빛을
양분으로 삼아 성장하는
그의 새싹같은 제자들의 모습은
마치 푸른 숲

이 모든 모습들이 담긴 구재학당은
마치 자연의 아름다움.

흘러가는

이서준(오산시 오산중2)

여기, 할머니 밭에 와서
저 푸른 나무들을 보고 서있자면
근심 하나 가진 적 없던
그 때 그 시절이 그리워라

아빠랑 함께 모래성 짓고
토끼풀 따다 반지 만들어주면
어느새 하늘이 붉게 물들던
그 때 그 시절이 그리워라

괜한 그리움에 사무쳐
애꿎은 꽃 한 송이 꺾어
한참 바라보고만 있다가
휙, 던져버리고 마니
참 거세게도 흐르는 강물 위에
힘없이 툭, 떨어진다

대차게 거슬러 올라가는 강물과
그 위에 흘러가는 꽃을 바라보며,
쉴 새 없이 흐르는 시간과
그 위에 흘러가는 나를 바라보며

강물아, 강물아
계속해서 거슬러 올라가다오
그리고 가는 길에 만날 그 시절의 나에게
내 안부와 꽃 한 송이 좀 전해다오.

태양을 받으며 만개

양하연(인천 신현여중2)

힘차게 날갯짓하듯 날아가는 민들레의 홀씨,
분명 새로운 꽃을 피울 씨앗

작고 가냘픈 나뭇잎 하나가 말을 거니,
넌 어디에서 왔어?
나는 9재학당에서 왔어.

나도 꽃이 되고 싶어.

더러운 몸을 질질 끌어 도착한 곳,
그 목적지에서 마주한 것은
따뜻한 성인의 미소

그렇게 선생님과의 만남이 어느새
과거로 기억되어,

저는 오늘 이곳을 졸업합니다

호연 선생님
아니, 최충 선생님

저같이 꼬질꼬질했던 들개도 정화 시켜주시던,
당신이 또 새로운 꽃을 피우길 바라며,
태양에게 안녕히.

장마의 전선

김영림(서울 중앙여고3)

조그마한 웅덩이 안에도
물들어가는 세상이 있다

일기예보가 무색할 정도로 쏟아지는 빗줄기에
나는 하굣길 발걸음을 뗄 수가 없어
한곳에 떨어진 구름처럼 뭉쳐가고 있다

젖은 아스팔트 바닥이
먹구름을 머금고 있다

웅덩이 속 세상은 물먹은 듯 일렁거려
파동이 퍼지며 풍경을 일그러뜨린다

살아있는 나를 닮겠다는 듯이

비를 피하려 풀숲 밑에 숨어있는 얼룩고양이
축축해진 공기가 무늬 사이로 스며들고
빗방울과 충돌한 나뭇잎이 작게 미동한다

비가 내리지 않으면 보이지 않는
거꾸로 뒤집힌 웅덩이 속 세상은
드리워진 구름을 머금고 흘러내린다
흥건해진 어깨 위로 그늘을 남겨둔 채
서로의 빗소리에 공명한다

덩어리진 나에게도
파동을 품을 수 있다

젖은 털을 털어내는 작은 고양이에게도
어디에도 스며들지 못하고 얼룩져가는

빗방울에 흔들리는 웅덩이의 장마전선
누구나 고여가는 부분이다
이 빗소리가 멎으면 또다시 혼이 날
나의 세상도 작게 고여가고 있었다.

KTX열차 여행기

정찬희(양주시 덕현고3)

낭만과 환상을 함께한 봄바람의 중력이
시간을 압축시켜 레일 위를 달린다
ktx 창가 빗살무늬처럼 출렁이는 햇살은
대학입시라는 난기류를 형성하여 함께 달리고 있다
차창 밖 도시의 성장속도에 생기를 얻은
친구와 나는 마음의 담장을 허물고
눈앞에 다가서는 풍경에 떨림과 울림으로
여행 에너지를 출력한다
동력을 얻은 ktx 열차 엔진도
뜨거운 열정으로 화활 타 오를 때
추억을 그려내기 위한 하얀 도화지가 펼쳐지고
세월에 숙성된 빠르기로
진로에 대한 이야기로 시작 될 무렵
ktx 열차 내 안내방송은 둘만의 시간을 가로 막는다
안내방송에 기가 눌려 좌석을 잘못 앉아
둘의 낭만과 환상이 열차 안에서 무르익어가고
ktx와 함께 질주하던 둘의 낭만과 환상은
아름다웠던 지난날을 추억한다
서로가 두 손을 꼭 잡고 사랑을 다짐하는데
열차 내에는 또 다시 안내방송이 흘러내리고

둘만의 우정이 사랑으로 흘러내리는데
눈물도 서로의 손등을 타고 흘러내린다
슬픔을 절반씩 나누어 가져 가려는 순간
서로가 고백한 미안하다는 애정의 눈빛에
오해로 빚어진 슬픔을 소리없이 떠나 보내고
둘만의 사랑의 확신은 반사각이 된다
서로가 떨어질 수 없다는 연결고리가
하얀 도화지 위에 섬광처럼 빛을 발할 때
이제 대학입학이라는 미래를 확실하게 그려준
ktx 999 열차도 종착역에 무사히 안착된다.

러시아워

민윤지(수원시 청명고3)

엔진을 달고도 달릴 수 없다
해가 저무는 시간엔 모두 침묵
사람들은 밀린 차들 너머에 걸려있는
흐릿한 달을 바라봤다

알전구를 향해 달려드는 파리들처럼
사람들은 가로등 불빛에 걸린 달로 모여들었다
목적지까지 이어지는 행렬
차 안에서 바람 소리를 내며 돌아가는 에어컨은
땀을 식혀주지 못했다

긴 아스팔트를 채우는 정적
빽빽하게 이어진 하품은 빠지지 않고
다들 죽기 직전의 파리처럼 조용하다
침묵은 경적 소리마저 삼켜두었다
보닛 위로 떠오른 달은 정적을 반사시켰다

라디오에선 노이즈가 낀
추억의 노래들이 흘러 나왔다
흥얼거림도 모두 목구멍 안으로 삼키고
도로는 배기가스를 머금으며 더 어두워진다

주파수가 맞지 않는 기다림
가로등과 자동차의 앞 뒤에 달린 램프들이
달보다 더 환하게 도로를 밝힌다
갈라지는 도로로 모두 흩어지며
정적 속을 사람들은 느릿느릿 달려갔다.

각촉부시

정혜교(인천 신현고3)

초가 타들어가면
시가 향 되어온다.
적막한 붓질 속
땀 되어 흘러내리는 촛농

시를 지어 읊는 것은
한 폭의 그림을 선보이는 것.
불이 짧아져도 시안(詩眼).
그림을 푸르게 물들인다.

그림 속 이야기가
마침표를 찍자
그림 속 해 따라 고개 숙이는 초.
금이 강물 되어 넘실댄다.

강물이 범람한다.
분주하면 손이 멈춘다.

시안(詩眼)은 향에 묻어
술에 깃들고
선의의 술잔 속
최충, 비치운다.

어머니의 사진

전소연(강릉시 에르스트국제학교)

책장 속 빛 바랜 앨범
나의 눈길을 끌었기에
손을 뻗어 앨범을 펼쳐보았다

활짝 웃고있는 나의 어린시절 모습이
나를 사랑스럽게 쳐다보는 아버지의 눈길이
행복한 우리 가족의 모습이
문득 그리워져 한참을
한참을 들여다보았다

이상했다
우리 가족의 흔적이 담겨있는데
어머니의 사진만 드문드문
가뭄에 콩 나듯

당신의 아름다웠던 나날들
활짝 핀 꽃 같던
그 시절의 당신의 모습을 볼 수가 없다

그저 사랑하는 사람들만을 간직하고자
자신의 모습은 기록하지 않은

책장 속 빛 바랜 앨범
카메라 뒤에서 눈물을 머금은 웃음으로
사랑하는 이들을 간직하려는
어머니의 마음이 가득하다

한여름의 꽃처럼 활짝 핀
어머니의 그 시절은
돌아올 수가 없다.

2022 제5회 최충문학상 학생부 심사평

심사위원 박효찬(시인)

제5회 해동공자 최충문학상 공모에 응모해주신 학생 여러분께 깊은 감사를 드립니다.

더운 여름날 심사를 한다는 건 소나기가 열기를 식힐 만큼 시원하게 내려주길 기다리는 것이 아닐까 하는 생각을 해본다.
화자와 독자 간의 거리를 좁히며 최대한의 객관적 시선에서 응모원고를 마주하며 땀을 흘린다. 좋은 시를 고르는 것은 참으로 힘들다. 심사위원의 시적 관점이 어디에 두고 있느냐에 따라 작품의 평가는 달라지기 때문이다. 그러나 좋은 시는 누가 보아도 좋은 시가 된다.

늘 봄에 진행하던 공모전의 올해는 여러 사정으로 인해 매년 4월에 진행하던 것을 6월에 진행되었다. 기간 변경의 이유인지 학생부 응모원고가 예년에 비해 참가자 수가 적었으며 전체적으로 작품 수준이 아주 미흡했다. 그러나 청소년층에서 많이 나타나는 관념적 시보다는 이미지가 뚜렷하고 시적 사유와 상상력이 풍부하며 사물에 대한 의미 부여가 창조적이며 시상의 전개가 흥미롭다.

시(詩) 쓰기를 통해 학생 스스로 삶을 어떻게 설계하며 미래

지향적 삶을 추구하고 따뜻함을 나누는 삶으로 거듭날 것인가에 대한 결과물을 얻고자 노력함의 엿보였으며 희망을 보았다.

초등부 시상의 주제가 최충 선생이다. 인물이 주는 이미지를 살려 동시 쓰기를 한다는 건 쉽지 않다 우선 역사 공부를 해야 하고 최충 선생에 관한 공부를 하여야 동시 쓰기를 할 수 있다. 매년 똑같은 주제로 공모하고 있다. 그러나 올해는 그 어느 해보다 어린 초등학생의 순수한 상상력과 창의력이 돋보이는 글이 많았다.

본선에 오른 초등부 「심장의 쿵」, 「촛불 시계」, 「별빛학당」을 두고 고심 끝에 「심장의 쿵」을 최우수작으로 뽑았다. 최충 선생의 각촉부시라는 경시 대회를 어린 심성으로 바라본 눈높이에서 시적 표현을 재미있게 독창적인 시상의 전개를 잘했다.

중등부, 고등부는 주제가 없는 자유시이다. 올해는 중등부 참가 학생이 많이 부족 하였으며 좋은 작품이 없어 무척 마음이 아팠다. 가장 예민하고 감성이 풍부한 시기에 비해 참가 학생도 작품성도 해마다 적어지고 있다.

고등부는 「저녁의 향기」, 「장마의 전선」, 「KTX 열차 여행기」, 「러시아워」을 놓고 깊게 고심했다. 학생부 대상으로 심사위원 4명의 회의 끝에 「저녁의 향기」로 선정하였다.

저녁놀에 비친 엄마의 가게 앞을 서성이는 아이의 모습이 보인다. 이미지가 명확하게 그려진 것이다. 시적 사유가 분명하게 그리고 있으며 은유적 시어들이 돋보인다. 부족하다면 발칙한 상상력이 부족해 보였으나 화자가 그려내는 엄마의 애틋함이 가슴으로 느껴지는 감동과 전개가 훌륭하다.

시를 쓴다는 것은 자기 자신을 들여다보는 것이다. 나의 인격, 철학을 보이는 사물에 스며들어 녹아 하나가 되어야 한다. 그러기 위해서는 나를 잘 알아야 하고 또한 나의 마음을 예쁘게 가꾸어야 한다. 건강한 정신과 건강한 사유에서만이 좋은 글이 쓰인다고 본다.

심사위원

김명인/시인

고려대학교 대학원 문학박사
1973년 중앙일보 신춘문예 시 '출항제' 당선
고려대 인문대학 미디어문예창작학과 교수 역임

문광영/문학평론가

《시와 의식》 평론부문 신인상 수상
경인교육대학교 교수 역임, 명예교수
인천문인협회 회장 역임,
굴포문학회·경인문학회 지도교수
현) 대학 평생교육원에서 문예창작을 강의
저서: 『비움과 채움의 논리』 『좋은 시, 이렇게 쓴다』
『시 작법의 논리와 전략』

박효찬/시인

현) (사)한국문인협회 오산지부 문인협회 회장
최충문학상 운영위원장

최운선/시조시인, 평론가

연세대 교육대학원 교육학 석사
단국대학교 대학원 문학박사
경기대학교 겸임교수 역임
장안대학교 문예창작과 교수(학과장) 역임
현) Mongolia Huree University 한국어 특임교수
현) 계간 문학생활 상임회장
저서: 『one day 글쓰기 21의 법칙』 『논술 이렇게 써야한다』
『노무현 연설문(상·하)』 『해동공자 최충의 철학적 초상』
수상: 시조문학상 본상. 외 다수

김은옥/스토리텔링 슈퍼바이저

서울독서교육연구회 회장
한국국학진흥원 아름다운 이야기할머니 교육강사
공저 『아버지의 보물창고』

해동공자 최충 문학상 전국공모전

『해동공자 최충선생의 교육 사랑과 사상적 배경을 이해하고 도덕적·사회적 인성을 함양하며 청소년과 일반인의 문학적 잠재력을 발굴하고자 해동공자 최충문학상을 제정하고 시문학(詩文學)의 발전에 기여하기 위하여 제6회 최충문학상을 공모합니다.』

- **응모 자격**
  전국 초·중·고교 학생 및 일반인(대학생 포함) (※ 참가비 없음)
- **응모 부문: 시, 동시 (초등부) 각 3편**
  (수상 후 표절 작품으로 판명될 시 수상 취소 및 상금 반환)
- **응모주제:** 자유 주제 2편, 최충 관련 1편
- **접수기간:** 2023년 3월 1일 ~ 3월 31일까지 (오후 12시 까지)
- **시상내역:** (상금에 대한 제세공과금은 본인 부담)
  ※ 시상인원 총 29명
  〈일반부〉
  1. 대상 1명/ 상금 200만원과 오산시장상
  2. 우수상 1명/ 상금 50만원과 오산 시의회 의장상
  3. 장려상 10명/해동공자 최충선생기념사업회장상 4명. 오산예총상 3명, 오산문화원장상 3명, 각 부상 태평선식 선물꾸러미 1세트

  〈학생부〉
  1. 대상 초등부 1명 / 상금 20만원과 오산시장상
     중고등부 1명 / 상금 20만원과 오산시장상
  2.우수상 초등부 1명 / 상금 10만원과 오산시 국회의원상
     중고등부1명 / 상금 10만원과 오산시 국회의원상
  3.장려상 초등부 5명 / 계간 문학생활회장상과 태평선식 선물꾸러미 1세트
     중고등부 5명 / 오산문인협회장상과 태평선식 선물꾸러미 1세트
     - 각 부문별 상장은 해당 기관장 명의로 발급되며, 상금은 행사 주최 측인 사단법인 해동공자 최충선생기념사업회에서 제공합니다.

- **접수방법**
  • 인터넷 접수 이메일 (seungmi11@hanmail.net)
  ※ 이메일로만 접수합니다.

▸ 응모방법

- 사)한국문인협회 오산지부 카페 메뉴 [최충문학상 공모] 참가신청서 다운받아 작성해서 작품과 함께 제출
- 모든 작품은 워드로 작성하되 A4 용지 규격으로 작성 한글 파일로 제출 (한글로 작성하지 않은 작품은 심사대상에서 제외 될 수도 있음)
- 신명조체 12 포인트로 작성제출
- 연락처: 성명, 생년월일, 주소, 전화 번호, E-mail 기재할 것

▸ 입상자 심사 발표 및 시상식

- 입상자 발표: 2023년 4월 10일 사)한국문인협회 오산지부 카페
  사)해동공자 최충기념사업회 홈페이지 게재 및 개별 통지함
- 시상식 일시/장소: 2023년 4월 22일(토). 오산 문헌서원 공원
- 심사: 심사는 각 분야 권위 있는 심사위원이 엄정하게 심사함
- 일시 : 2023년 4월 22일(토) 오전 11시 / 오산 문헌공원
  입상자중 대상, 우수상 수상지는 행사당일 시상식에 참석해야 하며 불참시 시상과 당선을 취소합니다. 초.중고등부 대상, 우수상 수상자가 학부모 동반 시상식에 함께 참여시 학부모님 한 분에게 여비 및 식사를 제공합니다.

▸ 기타사항

- 입상작품에 대한 일체의 권리 (저작권 등 권리포함)는 사)한국문인협회 오산지부 및 사)해동공자 최충선생기념사업회에 귀속하며, 제3자가 작품의 저작권 등에 관한 문제를 제기할 경우, 이에 대한 책임은 전적으로 입상자에게 있음
- 사)한국문인협회 오산지부 및 사)해동공자 최충선생기념사업회는 이후 홍보목적으로 전시, 출판인쇄물, 인터넷을 포함한 전자매체를 통해 입상작품을 재제작하여 활용 할 수 있으며 작가에 대한 별도의 비용 지불 없이 작품을 사용할 권한을 가지며 출품작에 대해서는 일체 반환하지 않음.
- 심사발표, 시상식 등 공모 세부일정은 주최 측 사정에 의해 변경될 수 있음.

▸ 문의처

사)한국문인협회 오산지부 최충문학상위원회장 010-3421-0809
이메일 (seungmi11@hanmail.net)
주최: 사단법인 해동공자 최충선생기념사업회
주관: 사)한국문인협회 오산지부 최충문학상위원회
후원: 오산시, 오산시의회, 오산지역국회의원, 한국예총오산지부, 오산문화원,
한국독서논술교육평가연구회.

저 자 와
협의하여
인지 생략

해동공자 최충문학상 전국 공모전 수상 작품집

엮은이 | 사단법인 해동공자 최충선생 기념사업회
경영총괄 | 해동공자 최충선생 문학상 운영위원장 최운선
주 소 | 서울 영등포구 대방천로175 문헌빌딩 4층
펴낸이 | 노우혁
펴낸곳 | 앤바이올렛
초판 인쇄 | 2023년 2월 20일
초판 발행 | 2023년 2월 24일
등 록 | 2021년 9월 29일, 제 2021-30호
주 소 | 02046 서울특별시 중랑구 동일로144가길 25-18(중화동)
전 화 | (편집) 02-491-9596
e-mail | powerbrush88@naver.com
ISBN 979-11-977103-9-1

* 책값은 뒤표지에 있습니다.
* 잘못 만들어진 책은 구입하신 서점에서 교환해 드립니다.